ROSE IMMOBILE

DE LA MÊME AUTRICE

*

ROMANS & NOVELLAS

Monde sans oiseaux, Stock, coll. « La Forêt », 2013.
Les Silences sauvages, Alma Éditeur, 2019.
Niglo, in *Étranges féminins*, Le Typhon, 2020.
Quelques moments sans gravité, Alma Éditeur, 2023.

THÉÂTRE

Maintenant que tu habites derrière mes paupières, L'Avant-Scène / Comédie-Française, 2011.
Marzïa, Éditions Théâtrales, 2012.
Tag, série théâtrale rock en 3 épisodes, Éditions Théâtrales, 2013.
Berbéris / Givrée, Éditions Théâtrales, 2018.
Nos fenêtres invisibles / Je suis le contrepoids du monde, Éditions Théâtrales, 2021.
La Bête / Sauvage, Éditions Théâtrales, 2025.

(suite page 129)

Karin Serres

ROSE IMMOBILE

ALMA ÉDITEUR

ISBN : 978-2-36279-630-2

1

C'est un samedi matin, dans la cuisine. Les garçons parlent et rient, leurs cheveux roux sont ébouriffés, ils se balancent sur leurs chaises pendant que Will fait griller des toasts et soudain, je manque d'air. Je me sens oppressée. Mon cœur bat de façon irrégulière. La cuisine vacille. Une tache de soleil sur le mur m'éblouit. J'ai envie de fermer les yeux. La journée vient à peine de commencer, mais mon cœur bat trop fort, mes paupières sont lourdes, je respire mal, j'ai peur de m'évanouir et je cède. Les garçons et leur père continuent de rire, de mâcher, de claquer leurs bols sur le Formica, puis Will chuchote :

— Chut, maman dort. Venez, faut pas la réveiller.

Je me sens mieux derrière mes paupières fermées, fines comme des pétales de fleur séchés. Je respire à nouveau régulièrement, comme sous un couvre-théière qui me préserve du monde, provisoirement effacé. C'est un espace rose et doux, flou, sans plafond ni plancher ni murs. Mes mains posées sur la paille de la chaise, de chaque côté, comme une bouée qu'on tient sans y penser tant qu'on a pied, je flotte à l'intérieur de moi-même, en équilibre au bord du monde.

Lorsque William et les garçons reviennent, j'ai toujours les yeux fermés. Comment quitter cette paix intérieure ? J'ai l'impression de dormir éveillée : mon corps se repose profondément, comme mon esprit. Seule une petite partie de ma conscience reste attentive à ce qui m'entoure, mais détachée de toute tension. Depuis combien de temps n'ai-je pas respiré aussi tranquillement ?

Will veut me prendre dans ses bras, pour m'emporter dans notre chambre, peut-être. Mes mains tiennent l'assise de paille, alors il essaie de nous soulever toutes les deux, la chaise et moi, mais nous sommes trop lourdes. Il recommence plusieurs fois, change de position, retrousse ses manches. S'énerve. Tente des prises de lutte gréco-romaine. Tire en grognant sur mes doigts serrés pour les séparer de la paille, en vain.

— Arrête, papa ! s'inquiètent les garçons, tu vas la réveiller.

— Tant mieux ! gronde Will.

Il nous pousse dans un coin de la cuisine pour préparer le déjeuner. J'entends l'huile frire dans la poêle. La porte du frigo s'ouvre, sa vague de fraîcheur survole mes pieds nus.

Will éventre l'emballage de polystyrène. Le poisson tombe dans la poêle en crépitant et les projections d'huile bouillante mitraillent Will qui jure puis rit pendant que les garçons mettent la table en entrechoquant la vaisselle.

Ils font grincer leurs chaises par terre, raclent le fond de leurs assiettes, cognent leurs couverts métalliques, jettent leurs serviettes molles, scient le pain qui ronfle et mâchent en parlant. Ils débarrassent la table dans l'odeur tiède et animale du lave-vaisselle, repoussent leurs chaises, sortent de la cuisine, leurs pas s'éloignent dans le couloir et le silence retombe.

Microbruits du dehors. Froissements, soupirs, murmures, son de papier des pages tournées dans la pièce d'à côté. C'est la sieste du week-end.

Les garçons viennent me voir. Sans parler. Je sens leurs gestes étonnés dans l'air déplacé. Leur fou rire monte. Laissez-moi encore un peu, je pense, revenez plus tard, s'il vous plaît. Ils partent.

Au salon, la télé bourdonne. Une moto rugit dans la rue pendant que, dans leur chambre, les garçons dansent sur leurs lits, sans doute déguisés, au rythme ondulant de leur magnétophone aux piles usées. Un peu plus tard, ils se battent, se blessent, se consolent l'un l'autre et recommencent.

L'après-midi passe derrière mes yeux fermés. Je suis en train de vivre mon meilleur samedi depuis des mois. J'aurais dû y penser plus tôt. C'est si simple : fermer les yeux et ne rien faire. Laisser le temps glisser sur soi, immobile. Bercée par les flots de sa rivière invisible, oublier toutes les questions, les tensions, les peurs et la violence du monde, provisoirement.

De temps en temps, quelqu'un vient chercher un bout de concombre dans le frigo, une tranche de fromage ou une bière et son regard me parcourt comme un filet d'eau tiède. Je ne bouge pas. Je ne dis rien. Pieds nus, pas coiffée, encore vêtue de ma chemise de nuit rose, les ongles multicolores de notre séance de vernis collective d'hier soir, peu importe, je me sens bien.

À son dernier passage, Will ouvre la fenêtre. Il ne pleut pas encore. J'entends des mouettes crier au loin. Le vent salé sent les algues et la levure de l'usine qui ne s'arrête jamais.

Une mouche me frôle. Je joue avec elle : à son vrombissement, je dois deviner où elle est. Je la crois en haut du placard, elle se pose sur mon genou. Elle a des ailes supersoniques. Le frigo tremble et s'arrête. La mouche part au salon d'où Will la chasse à coups de journal. C'est la fin de l'après-midi. L'air est doux. Cette sieste derrière mes paupières m'a reposée. Qu'est-ce que je vais préparer pour le dîner ?

— … fini tes conneries ?

William est entré comme un bulldozer dans la cuisine. Je sens son haleine de houblon amer. Sa colère couche les poils de mes avant-bras. Les garçons rient au loin dans leur bain, pendant qu'il poursuit :

— Tu crois vraiment que c'est le moment ?

Les garçons ne font plus un bruit. Ils doivent écouter, inquiets. Ou bien boire l'eau de la baignoire. Ou bien s'être noyés.

William me secoue en criant :

— Qu'est-ce que tu as, Rose ? Réveille-toi maintenant ! RÉVEILLE-TOI !

Tant d'incompréhension me bouleverse. Moi qui allais ouvrir les yeux, rayonnante, me lever de la chaise, sortir les légumes du frigo, les laver, les essuyer et les couper en cubes avec amour.

Quatre pieds mouillés clapotent sur le parquet.

— Qu'est-ce qui se passe, papa ?

William s'accroupit en craquant des genoux, se relève et emporte ses fils dans leur chambre, un sur chaque bras : c'est rien, c'est rien, tout va bien.

Il faut que j'ouvre les yeux. Il faut que je revienne à ma vraie vie pour prendre le relais de Willy, à qui je vais proposer de se reposer, lui aussi, pour pouvoir…

— Madame fait toujours la statue ?

L'amertume de sa voix me glace.

— Puisque c'est ça, les gars, on sort !

— Où on va ?

— Sur le port.

— En pyjama ?

— Eh oui, mettez vos baskets et vos parkas, allez hop.

— C'est la fête !

— Et maman ?

— Quoi, maman ?

— Elle mange quoi ?

— Elle mangera demain !

Cette distance qui nous sépare, soudain.

Les garçons piaffent, Will éteint la lumière, la porte d'entrée claque et je les entends tous les trois dévaler l'escalier.

Cette dureté dans la voix de Will, je ne me la rappelle déjà plus. Je suis un corps qui se repose, au fond duquel toutes les émotions reposent, elles aussi, les unes sur les autres, empilées. Tout à l'heure, quand je me lèverai, je ne reprendrai que celles qui me plaisent. Les autres, je les laisserai se dissoudre dans la vase de cet étonnant moment hors du temps, qui sent le thé noir et la fleur séchée.

Je suis un corps immobile à l'intérieur duquel tout travaille, pourtant. L'électricité me parcourt de son réseau microscopique qui génère mes pensées, mon sang glisse en fins fleuves rouges ou bleus qui dévalent et se croisent de haut en bas, de bas en haut, mille substances différentes circulent, s'échangent dans tous les sens et leur flot vibre et bat en moi, dans une grande symphonie organique autogérée. Je suis un organisme humain qui respire. Je suis une pulsation en boucle qui se berce elle-même. Je suis un être vivant parmi des milliards de milliards d'autres êtres vivants, sur la planète Terre.

Le tour de clé dans la serrure me réveille. Dehors, les bruits ont changé. La nuit doit être tombée. Depuis quand ? Le temps passe étrangement aujourd'hui.

Les garçons courent dans leur chambre, je les entends allumer leurs lampes de chevet. Leurs baskets tombent par terre. Ils défont la fermeture Éclair de leur parka. Où est Will ? L'eau coule derrière la cloison. Les brosses à dents chuintent, le tabouret retourne au coin de la baignoire et les garçons entrent dans la cuisine pour m'embrasser. Leurs pyjamas me frôlent. L'un en coton lisse, l'autre en jersey bouclette. Comme ce matin. Ce matin ou l'année dernière ? Leurs bouches sont fraîches et leurs mains, douces.

— Bonne nuit, maman.

Je voudrais leur répondre mais il me faudrait fournir un immense effort pour reprendre le contrôle de mon corps, et je sais qu'ils savent que je les aime, même si je ne leur réponds pas, pour une fois. Demain, mes chéris, demain je me réveillerai.

Les enfants emportent leur odeur de friture, de vent froid et de savon vers leur chambre où leur père les couche. À travers le mur, j'écoute Will leur chuchoter l'histoire du soir, chanter une chanson, donner des baisers, puis son pas qui se veut léger sort de la pièce en faisant grincer le plancher.

Il se tient devant moi, silencieux. William, mon mari. Toute sa chaleur vibre dans la cuisine. Il attend que j'ouvre les yeux en criant : Gagné ! et que je me lève en demandant ce qui passe ce soir à la télé, mais je n'y arrive pas. Mon cerveau marche au ralenti. Sans que cela me gêne. Il m'est juste impossible de faire quoi que ce soit, là, maintenant. Comme tout à l'heure, avec les garçons.

Will tire une chaise à côté de la mienne. Cette odeur de frites sur sa peau, comme sur celle des enfants, ils ont dû aller à la camionnette rouge, au bout de la jetée. Will sent le tabac aussi. Le soir, il fume à la fenêtre en regardant le soleil descendre. Il a peut-être allumé une cigarette sur la plage, pendant que Tom et Tim creusaient des trous à la main dans le sable froid.

William m'embrasse le bras. Comme la mouche, tout à l'heure, sa bouche se pose sur ma peau sans que je la sente arriver. Ses lèvres sont délicates et tièdes. Il m'embrasse plusieurs fois, remonte jusqu'à la bretelle de ma chemise de nuit, redescend. Me caresse l'épaule de sa grande main douce et chaude. Glisse sur ma nuque à rebrousse-poil. Du bout de son doigt qui sent la nicotine, il suit le contour de ma bouche, les ailes de mon nez, mes arcades sourcilières, lèche le lobe de mon oreille…

— Oh et puis merde !

De nouveau seule.

Qu'est-ce qu'il m'arrive ? Pourquoi cette journée si étrange ? Réveille-toi, Rose. Ça suffit maintenant. Ouvre les yeux, lève-toi et reprends le cours de ta vie !

Cette mollesse me semble insurmontable.

Procède par étapes, alors.

D'accord.

Je rassemble toute mon énergie pour soulever mes paupières : rien. Je suis paralysée ? Non, je les ai senties bouger. Je suis devenue aveugle ? Mais non : dans l'obscurité qui s'apprivoise, je vois émerger l'éclat du robinet, la tache pâle de l'évier, du frigo. Je suis chez moi, dans ma cuisine, il fait nuit, tout va bien. J'ai juste fermé les yeux pendant toute une journée, et dormi. Je devais en avoir besoin.

Maintenant, je vais me lever de ma chaise pour aller rejoindre Will dans notre lit. Lui faire la surprise de me glisser contre lui, dans son sommeil. Le remercier en chuchotant de m'avoir laissée dormir toute la journée, mon amour. Me coller à lui. Glisser mes mains sous son T-shirt.

La lune sort d'entre les nuages. Glisser mes mains sur sa peau chaude.

Sur les murs et sur le plafond de la cuisine, la lune projette les rectangles des fenêtres d'un ton éteint qui m'aveugle. Glisser mes mains.

Je cligne des yeux et je baisse les paupières, juste un instant, pour me protéger. Je les ouvrirai dès que je me serai habituée à cette étrange lumière. Je vais les rouvrir, je vais me lever.

2

Un gargouillis d'eau qui bout me réveille, puis l'odeur de fer de la première goutte de café. Je suis dans la cuisine. Assise. Sur une chaise. C'est le matin. Oui, je me rappelle : hier, j'ai fermé les yeux et dormi toute la journée.

Si hier nous étions samedi, alors aujourd'hui c'est dimanche. Quelle chance, pas besoin d'aller travailler, et toute cette journée libre pour rattraper le temps perdu.

Non, pas perdu, ce temps, au contraire. Pour la première fois depuis longtemps, je suis en pleine forme. Quelque chose de poilu pèse sur mes pieds. Le plaid écossais. Will a dû le mettre sur moi, cette nuit, quand je dormais. Il aura glissé.

Mes souvenirs d'hier ne sont pas très clairs. Lorsque j'essaie de les rassembler, mes mains se referment sur du vide, comme ces grains de poussière qu'on voit danser, parfois, dans un rai de lumière. Je me sens bizarre. Réveillée par l'odeur familière du café en train de passer, mais sans aucune envie d'ouvrir les yeux. Reposée mais déconnectée.

L'air embaume le pain grillé maintenant, le thé au lait des enfants et la marmelade. Des dents mordent, font des miettes. Des pieds battent contre des montants de chaise. Des voix chuchotent. On me chatouille le bras.

— Tom, laisse ta mère tranquille.

— Ça fait un jour entier qu'elle dort. Eh, je vais voir si elle a battu le record !

Une chaise renversée, un courant d'air qui s'éloigne et une autre petite voix :

— Elle est morte, maman ?

— Mais non, Tim.

William se lève, pose son oreille contre mon sein gauche, ses cheveux sentent l'oreiller :

— Son cœur bat toujours, viens écouter.

La tête de Timothy, à son tour, contre mon ventre. Son odeur de biscuit tiède.

Thomas revient en courant :

— Il y a pas, dans mon livre, papa. En records, il y a que l'insomnie, onze jours, c'est un Américain.

— Ah bon, un cow-boy ?

Des rires, l'odeur des toasts brûlés, le tintement des cuillers au fond des bols et les flaques du thé au lait sur la table.

Plus personne. Ils sont partis, peut-être ? Depuis combien de temps ? Nous allons souvent nous promener au parc, le dimanche. Ou bien marcher sur la jetée jusqu'au port, puis jouer sur la plage. Il faut sortir les chiens, nos chiens fous à nous. Les garçons débordent tellement d'énergie. Si on ne les emmène pas chaque jour courir dehors, ils cassent tout.

Ou bien ils font la sieste, chacun dans son lit, bouche ouverte, bras pendants, mous comme des crêpes. Dormir est si reconstituant. Je dors toute la journée. Les quatre pieds de ma chaise sont comme les broches d'une prise géante branchée dans le plancher, d'où des flots d'énergie montent me charger par capillarité. J'ai inventé un nouveau concept. Il faudra que j'en parle à Lucy. Mais c'est une drogue : à chaque réveil, je me sens à la fois plus forte et plus dépendante de cette sensation que je ne me résous pas à quitter.

Une autoroute en courbe qui longe une colline. Je me tiens en contrebas de la pente, sur le terre-plein central, au milieu des voies désertes. Au loin, je vois unc ville noyée dans la brume. Derrière, la silhouette fumante d'une usine qui n'est pas la nôtre et plus loin encore, une grande nappe gris foncé, ce doit être la mer. Un bruit de moteur. Une voiture blanche démodée arrive en décélérant sur la voie de droite et se gare sur la bande d'arrêt d'urgence. Un inconnu en sort, en bottes de caoutchouc et veste huilée, pantalon de velours côtelé, casquette. Dans son coffre, il prend une grande pelle rouillée. Sans un regard pour moi, il enjambe la glissière de sécurité, traverse la haie d'arbres, saute par-dessus le fossé et grimpe d'un bon pas le flanc de la colline au sommet de laquelle il commence à creuser. J'entends les sons métalliques que fait sa pelle lorsqu'elle rencontre un caillou, qu'il ramasse à la main et jette. La nuit tombe sur lui. Au bout d'un moment, il s'arrête. La montagne de terre noire témoigne de la profondeur du trou qu'il a creusé. Il plante sa pelle dedans, ôte ses bottes, ses chaussettes qu'il roule et lance par-dessus son épaule, et il descend au fond du trou qu'il a creusé. Il reprend la pelle pour rabattre la terre noire sur ses pieds nus, rebouche le trou, tasse la surface de la terre avec ses mains, à hauteur de ses genoux, pose sa pelle dans l'herbe et se redresse. La ville s'allume au loin. Une cloche carillonne. La pluie tombe sur l'homme autoplanté au sommet de la colline.

Quelle porte vient de claquer ? Le lave-vaisselle tourne en grondant. J'ai froid, quelque chose s'obscurcit par à-coups sur ma tête, comme dans mon rêve. Non, comme une pluie de tissu mou, légèrement humide, qui sent les algues. C'est Will qui ramasse la lessive étendue dehors et l'entasse sur moi. Lorsqu'il emporte le linge au salon pour le plier, l'odeur de marée s'éloigne et la lumière renaît derrière mes paupières fermées.

J'ai hâte que ce soit l'été. Que nous puissions emmener les garçons sur la plage avec leurs seaux, leurs râteaux et nos Thermos de thé brûlant que nous buvons à deux mains en les regardant bâtir des châteaux plus hauts qu'eux, qu'ils décorent d'algues, de bois flotté ou de gants troués. Lorsque nous nous baignons, même au cœur de l'été, un froid féroce nous mord les pieds tandis que notre peau vire au rose fluorescent, au violet. Dès que nous sortons de l'eau, il faut nous frictionner au sable pour nous réchauffer puis nous rhabiller le plus vite possible. Et ce que les camionnettes rouillées garées pare-chocs contre pare-chocs sur la jetée vendent à longueur d'année, ici, à Birnam, ce ne sont pas des glaces, comme ailleurs, mais des frites ou des gaufres brûlantes que nous mangeons, serrés les uns contre les autres, en regardant les supertankers défiler dans la brume, si proches qu'on voudrait les toucher.

Lorsqu'il pleut trop fort pour la plage ou le parc, nous emmenons les enfants au zoo. L'endroit préféré de Timothy, c'est le vivarium plein de serpents en tout genre qu'il débusque dans les méandres de leur décor artificiel, hypnotisé par leur glissement ininterrompu. Thomas préfère la ménagerie des singes, surtout les gorilles et les orangs-outans avec lesquels il dialogue par regards et par gestes, imité par son petit frère. Will et moi, nous avons une tendresse particulière pour le bâtiment turquoise fané des gros hippopotames luisants où nous nous sommes embrassés pour la première fois, il y a des années.

Le téléphone sonne au loin, comme immergé. Impossible de me lever. William répond. Sa conversation ressemble à un bourdonnement d'abeille. En passant devant la cuisine, il lance :

— C'était Joe, il m'a encore tanné avec son histoire de donation à l'église.

Comme je ne réponds rien, il lâche :

— Tu sais quoi, Rose ? Tu fais chier avec ta déprime !

Et il part au salon s'installer derrière l'ordinateur dont j'entends le clavier cliqueter.

Quelle déprime ? Je ne me suis jamais sentie aussi bien, au contraire. Simplement, c'est comme au début des vacances : toute la fatigue s'abat d'un seul coup sur nous, dès qu'on arrête de travailler.

Les mouettes crient, le soleil se couche mais les nuages doivent être si bas que sa lumière me réchauffe à peine. Des cloches sonnent dans l'air humide. Dans la salle de bains, les garçons comptent à voix haute, à tour de rôle. Ils se chronomètrent. Pour quel exploit ? Je ne pensais pas avoir tant de sommeil en retard. Ni trouver l'occasion de tout récupérer d'un seul coup. Le week-end prochain, c'est toi, William, qui pourras en profiter. Je me rendors une dernière fois et demain, demain matin, tu me retrouves prête à démarrer la semaine, en pleine forme, avec un moral d'acier. Après un dernier petit somme, bercée par le goutte à goutte du robinet.

3

Je me réveille en sursaut. Cette odeur de brune, d'après-rasage citronné, ces chaussures qui couinent : c'est le docteur Smith. L'un des garçons est-il malade ? Non, il vient pour moi. William a dû l'appeler, perplexe de me voir dormir si longtemps. De quoi va-t-il avoir l'air quand je vais simplement ouvrir les yeux ? Je ne peux pas leur faire ça. Surtout à Will. Mais il faut que j'aille travailler. On doit être lundi. Quelle heure peut-il être ? Où sont les garçons ? Déjà à l'école ? Comment se fait-il que je n'aie rien entendu de leur petit-déjeuner ni de leurs préparatifs ? D'habitude, ils courent toujours après leur casquette ou leur veste.

Trop tard, William et le docteur sont penchés sur moi. Malgré mon inquiétude, j'ai envie de rire. J'entends le médecin chercher quelque chose dans sa mallette. Je fais semblant de dormir, comme quand j'étais petite, lorsque mes parents qui revenaient du cinéma passaient dans ma chambre vérifier si tout allait bien.

Le stéthoscope est glacial sur ma poitrine. Le docteur soulève l'une de mes paupières. Heureusement que je sais faire les yeux blancs. Seconde paupière. Je me trouve criante de vérité. Eux aussi, apparemment. Alors, docteur Smith, qu'allez-vous pouvoir me diagnostiquer ? La maladie du sommeil ? Non, l'Afrique est trop loin. La mouche de samedi était-elle tsé-tsé ? M'a-t-elle piquée ? À force de réfléchir, je viens de rater les réflexes. Tant mieux, ce sera plus crédible. Non, je ne me rappelle aucune piqûre. Et j'ai commencé à dormir dès le petit-déjeuner, bien avant que cette mouche n'arrive.

Si seulement le docteur pouvait me prescrire un arrêt de travail. Je voudrais finir de me reposer, quelques jours encore. Ou bien du bon air, une vraie convalescence à la montagne, comme dans les films, sur une chaise longue, derrière mes lunettes noires, j'admire les sommets enneigés en sirotant une orange fraîchement pressée pendant que William et les garçons dévalent la piste tout schuss devant notre chalet…

— Qu'est-ce qu'elle a, docteur ? demande William.

— *Flexibilitas cerea*. La catatonie.

— Ça se soigne ?

— Ce n'est rien. Ça va disparaître tout seul. C'est l'organisme qui se met hors jeu, le temps de récupérer, en cas de stress. Elle est stressée, votre femme, en ce moment ?

— Euh, je ne sais pas.

— Ne vous inquiétez pas. Dans une semaine maximum, elle sera redevenue elle-même.

Le médecin crayonne sur son bloc, tend l'arrêt de travail à William et range ses affaires. Une semaine de congé. Je suis sauvée !

Will insiste, la voix nouée d'angoisse :

— Mais je peux la laisser comme ça ?

— Ca-ta-to-nie, monsieur. Votre femme a une crise de catatonie, elle a autant besoin de vous que ces pots de fleurs, sur la fenêtre.

— Tout de même, on ne peut pas faire quelque chose ?

— La CHOSE, monsieur, c'est votre femme. Elle ne pense rien, elle n'a besoin de rien, elle ne risque rien parce qu'elle ne peut rien faire. Le seul risque qu'elle court, c'est si votre immeuble prend feu. Là, c'est sûr, comme elle est incapable de bouger, elle sera en danger mais ce ne sera plus de mon ressort, ce sera de celui des pompiers.

Le docteur est parti et William s'énerve en tentant de dénouer ses lacets pour enfiler ses chaussures. D'habitude, c'est moi qui le fais, avec mes ongles.

Son manque de réaction me sidère. Son acceptation aveugle des faits. Que le docteur Smith se débarrasse de mon cas si rapidement, je le comprends, d'autres patients l'attendent. Mais Will ? Depuis le temps que nous vivons ensemble, depuis le temps que nous partageons notre vie et nos émotions, comment peut-il croire le docteur sur parole et accepter l'idée que je sois devenue une *chose*, même provisoirement ?

Inconscient de ma colère, William ouvre le tiroir de la table, en sort un couteau, scie le nœud qu'il arrache de sa chaussure puis il fouille dans le bas du placard et gronde :

— Attends, il y a pas de lacets de rechange ?!

Je te l'aurais dit si je n'étais pas devenue une chose.

— C'est pas vrai, Rose ! Arrête, maintenant. Réponds-moi !

Peux pas répondre, moi, suis malade. Suis pot de fleurs. Suis CHOSE.

Will soupire, noue les deux bouts qui restent, enfile et lace ses chaussures, se redresse, attrape sa mallette et part en claquant la porte, sans m'embrasser.

Ce n'est pas grave. Je suis seule, chez moi, toute la journée, en semaine et personne ne peut me le reprocher : c'est le docteur qui l'a ordonné. Tout un lundi pour moi, pendant que les autres travaillent.

Certains jours, au bureau, quand je n'en peux plus, je vais aux toilettes. Je me lave longuement les mains, j'entre dans l'une des cabines que je verrouille, je m'assieds sur le trône, couvercle rabattu, je ferme les yeux et je presse mes deux mains sur mon visage pour inspirer l'odeur du savon.

Chaque fois, je m'échappe pendant quelques secondes grâce à la puissance de son parfum fleuri. Parfois, je parviens à m'y plonger si profondément que je me retrouve dans le jardin de ma grand-mère, au printemps, sous les rosiers anciens aux couleurs pâles dont elle raffolait. Je les respire, j'entends les insectes, je sens le vent sur ma peau, je peux presque entendre ma grand-mère me parler. Ceux qui méditent longtemps obtiennent des pouvoirs vraiment puissants, il paraît. Comme Kung Fu, lorsqu'il découvre le coupable parmi une centaine de cow-boys plus brutaux les uns que les autres, obligés de s'incliner devant sa clairvoyance. Une fois la justice rendue, il s'en va, pieds nus dans le sable, sur sa musique de Petit Scarabée, les yeux plissés à cause du soleil vers lequel il marche, qui l'éblouit.

Quel bonheur d'avoir enfin le temps de penser à tout ça. Puisque le docteur m'a prescrit une semaine d'arrêt, je vais en profiter. Aujourd'hui et les jours prochains, je vais simplement réfléchir et me reposer. Accepter ce répit que je n'ai jamais osé demander. Cette pause que je ne savais même pas attendre. Je me sens bien sur cette chaise. Étrangement, je n'ai mal ni au dos ni au cou, alors qu'au bureau je m'étire régulièrement pour atténuer mes courbatures, à peine installée.

Mes muscles sont souples et ma respiration, profonde. Mes yeux doucement fermés, ma mâchoire relâchée, sans aucune crispation. Cette nouvelle bulle rose et lumineuse ressemble à l'espace-temps parfait.

Je n'ai pas faim non plus. Ni soif, moi qui bois des litres de thé après mon café du matin. Je croyais qu'on ne pouvait pas survivre sans boire ? J'ai peut-être des réserves ignorées. Birnam est si humide. Pas de fourmis dans les mains ni dans les pieds, non plus. Pourtant, je suis assise depuis des heures. Cette chaise semble parfaitement conçue. Je voudrais pouvoir féliciter son fabricant. On sait rarement qui dessine les objets dont on se sert tous les jours. Sous mes paumes, la paille de l'assise picote comme l'herbe d'un pique-nique en plein été. Je suis seule dans ma cuisine mais entourée de sons discrets. Ça chuinte et ça glisse. Quelque chose coule en continu. Le robinet ? Non, son goutte à goutte a cessé. C'est ailleurs. Dehors ? Non plus. Quelque part, tout proche.

Fin de journée. Les mouettes tournoient en criant dehors, le jour doit être en train de tomber, les chalutiers rentrent au port et les gens, chez eux. J'ai un peu froid. J'entends beaucoup de voitures dans la rue en contrebas et les bus bondés qui soupirent en quittant l'arrêt. Dans mon dos, l'air est moite. Des odeurs de dîner tiède flottent dans la cuisine. Saucisse et purée de petits pois. Je les ai ratés, tous les trois. Comment est-ce possible ? Je dors peut-être de plus en plus profondément. Que disait le docteur ? « Parfois, l'organisme se met hors jeu pour se reposer. » Je dois être vraiment fatiguée.

Mais William attend que la chose immobile assise dans la cuisine redevienne sa femme et la mère de ses fils tandis qu'eux ne s'inquiètent pas : tant que papa sourit, aucun danger.

J'écoute nos enfants tourner les pages de leurs livres derrière la cloison, prêts à se coucher. Juste avant, il a dû y avoir une bataille de Playmobil ou du foot en chambre, des rires qui se transforment en hurlements et réciproquement. Et le bain. Et les sacs d'école jetés dans le couloir pour courir prendre le goûter sur la table de la cuisine. Et le brossage des dents. Et le papier journal froissé en boule au fond des chaussures trempées. Tout cela dans le bon ordre.

D'habitude, à cette heure-là, nous rangeons la cuisine, tous les deux. Ensuite, s'il n'y a pas trop de nuages, je regarde l'ombre de la balustrade glisser sur le mur du salon et dessiner une tête qui se déforme. Est-ce le cas, en ce moment ? Le monde est-il le même lorsque je ne le regarde pas ?

William joue du piano, les garçons lisent, magnétophone allumé, le soleil se couche sans moi dans une douce cacophonie. Cet étrange lundi m'a encore rechargée. Il pleut finement. Je me sens vivante. Les doigts de Will se posent comme des gouttes sur le clavier tandis que les enfants écoutent du disco chinois qui ondule horriblement : les piles de leur magnétophone sont mortes. L'ordre du monde est respecté. La nuit peut couler du toit des immeubles jusque sur les trottoirs, les voisins, se préparer à se coucher, le tumulte de la ville, décroître et moi, rester sur ma chaise quelques heures encore, pour profiter de cette douceur sous mes paupières baissées.

Il pleut toujours et c'est toujours la nuit. L'humidité qui provient de la fenêtre me fait frissonner. Ce qui me réveille, c'est l'odeur de Timothy, son odeur de petit biscuit écrasé qui vient d'entrer dans la cuisine. Sans dire un mot, il m'escalade. D'une main, il se retient à ma taille, de l'autre, à la bretelle de ma chemise de nuit. Assis à califourchon sur mes genoux, face à moi, mon fils commence à se balancer, doucement, d'avant en arrière, d'arrière en avant. Les os pointus de ses fesses roulent dans la chair de mes cuisses endormies. Il chantonne :

— Bateau, sur l'eau, la rivière, la riviè-re…

J'ai envie de le prendre dans mes bras, pourtant mes mains restent posées sur l'assise de la chaise et mes bras, immobiles. Tim se balance en fredonnant. Il répète les premiers mots de sa chanson en boucle, sur le même air. Chaque fois qu'il se penche en arrière, ma bretelle me scie l'épaule, chaque fois qu'il revient contre moi, je retrouve son odeur.

— Bateau, sur l'eau, la rivière, la riviè-re…

Quelle est la fin de cette chanson ? Je l'ai oubliée. La rivière et plouf dans l'eau ? Non : la rivière au bord de l'eau, je crois. Mais c'est idiot. Tim se balance hypnotiquement sur mes genoux. Sa rengaine tourne et repasse, translucide et fraîche. Ma tête me semble pleine d'eau, elle aussi. Pleut-il à l'intérieur de moi ? Je me sens liquide de la tête aux pieds. Liquide et apaisée.

Timothy s'est retourné pour dormir sur moi, chaud, lourd, pelotonné. Son dos contre mon ventre, nous respirons à l'unisson. Avec ma chaise qui nous porte, nous formons une drôle de bête à six pattes, trois corps et deux cœurs qui battent.

La porte de notre chambre grince en s'ouvrant, le pas gourd de William se dirige vers les toilettes. Sur le chemin du retour, il entre dans la cuisine boire un verre d'eau. J'entends son étonnement muet lorsqu'il nous découvre. Viens nous rejoindre, Willy ! Je l'entends poser son verre vide puis il soulève Tim qu'il emporte dans sa chambre et il retourne se coucher dans la nôtre. Loin de moi. Loin de moi, tous les trois.

Mes cuisses sont inutiles et mes bras, vides. Seule dans notre cuisine silencieuse, sur ma chaise solitaire, j'ai froid et j'en ai assez. Je vais ouvrir les yeux et me lever pour aller rejoindre mon mari dans notre lit. Et demain, enfin, dans quelques heures, je reprendrai notre vie quotidienne qui commence à me manquer.

Ouvre les yeux, Rose, allez.

Je n'y arrive pas. Je me l'ordonne pourtant de toutes mes forces, mais rien ne se passe. Ce n'est pas une question d'accoutumance à l'obscurité, comme hier. Cette fois, mes paupières restent fermées. Je les plisse, crispe leur peau tant que je peux : elles sont collées. Impossible de les soulever.

De quoi vais-je avoir l'air si je m'avance en aveugle vers Will ? La pluie d'hier a dû me déclencher une conjonctivite, j'en ai souvent. Tant pis, je vais attendre que la lumière du jour sèche mes paupières pour me lever et reprendre ma vie là où je l'ai laissée, samedi matin, les yeux grands ouverts, un sourire lumineux et de l'énergie pour deux. Et je profiterai du luxe inouï de pouvoir rester à la maison jusqu'au week-end prochain, grâce à mon arrêt de travail. Je pourrai aller chercher les garçons plus tôt à l'école. Faire la sieste. Lire. Laisser mes pensées flotter tranquillement. Il n'y a plus d'urgence, maintenant. Tim s'est rendormi dans son petit lit et Will, dans le nôtre, en diagonale sûrement. Profites-en, mon amour, ce soir, il faudra de nouveau partager.

Depuis samedi, mon ouïe s'est développée. Je reconnais chaque respiration, chaque soupir, chaque vibration. Le ronflement de William me berce. J'entends la voisine du dessous qui parle dans son sommeil, à travers le plancher, son chien qui couine à côté d'elle. Les voisins du dessus rêvent à voix haute, leur bébé ne va pas tarder à se réveiller…

4

Café, thé au lait, porridge : c'est le petit-déjeuner. Une légère tension flotte dans l'air sucré. Les enfants pouffent et demandent à leur père pourquoi je suis verte. William répond que je ne le suis pas du tout. Tim insiste, il trouve que j'ai l'air moisie. Tom pense que c'est un magicien qui m'a jeté un sort, mais leur père leur crie de filer s'habiller.

Resté seul, William tourne autour de moi en marmonnant que je n'ai pas bonne mine, c'est vrai. Puis il m'observe silencieusement. Je le sens perdu. Je voudrais me lever et l'embrasser, mais j'ai peur que mes yeux soient encore collés. Je voudrais lui dire quelque chose de gentil, mais si ma bouche est collée, elle aussi ? Alors je lui envoie tout mon amour en pensée. Ai-je assez de puissance mentale pour traverser l'espace qui nous sépare depuis trois jours ?

Ils sont partis, tous les trois. Pourtant, j'ai la sensation que quelqu'un me regarde. Ou quelque chose. Derrière la fenêtre. Impossible, nous habitons au troisième étage. Un chat ? Ce qui me regarde ne bouge pas. Oscille à peine. Ils sont plusieurs, on dirait. Sur ma droite, derrière la vitre entrebâillée. Des cambrioleurs miniatures ? Ils caressent la vitre de leurs mains ou de leurs pattes. Qui peut se tenir sur cet appui de fenêtre, entre nos pots de fleurs ?

Un grand hall carrelé entouré de parois de verre. De l'autre côté de ces vitres immenses, des arbres, des feuilles qui se balancent, une forêt. Je suis seule dans ce hall. Je marche dans le silence, mes sandales claquent. C'est un hall sans porte vers l'extérieur. À quoi sert-il, alors ? Un cube de verre. J'ai beau faire le tour des murs transparents, ma main a beau glisser tout le long de leur douceur fraîche, je ne sens pas de lisière, tout est lisse et sans fin. Il y fait bon, dehors les arbres bougent doucement sous des taches de lumière et je marche tranquillement d'une paroi à l'autre, et je recommence.

La clé dans la serrure me fait sursauter. Quelle heure est-il ? Aucun autre son précis ni odeur qui puisse me renseigner. Depuis combien de temps sont-ils partis ?

C'est William, je reconnais son pas. Il laisse sa mallette dans l'entrée, va dans la salle de bains où je l'entends ouvrir un tiroir plein de choses qui cliquettent les unes contre les autres. Il le sort de ses glissières et vient le poser sur la table de la cuisine. Il tire une chaise en face de la mienne, s'assoit. Dévisse quelque chose. Cette odeur. Il va me maquiller ? Il rit :

— Au moins, ce qui est bien, c'est que tu bouges pas !

Il étale quelque chose sur toute ma peau libre, visage, jambes, bras et épaules, en vidant le gros tube de fond de teint à la rose que je venais d'acheter, sa grande main chaude me masse délicieusement. Puis il me poudre. Où a-t-il vu qu'on se maquille comme ça ? Je ne suis pas une geisha. Il passe ensuite quelque chose sur mes paupières, par petites touches délicates qui me donnent des frissons.

Maintenant, il applique du rouge sur mes lèvres, j'en reconnais l'odeur grasse. Il dévisse un mascara mais soupire et renonce : trop difficile à brosser sur mes cils fermés. Il essuie les bavures et finit par du blush en cercles concentriques sur mes joues. Je dois ressembler à une poupée russe. Pourquoi me maquiller ? Ai-je si mauvaise mine ? Il faut que je me lève de cette chaise au plus vite. Dès que Will sera parti chercher les garçons à l'école, je vérifierai que mes paupières s'ouvrent à nouveau. Quand je les entendrai monter l'escalier, j'ouvrirai la porte en criant : Surprise ! et nous ferons des crêpes pour le goûter.

Le souci, c'est que je me rendors trop rapidement. Chaque fois que je me réveille, c'est trop tard, l'occasion est passée. Là, par exemple, j'entends Will prendre ses clés et sortir sur le palier, c'est justement maintenant qu'il ne faut pas que je.

Réveil en sursaut, affreusement oppressée. Mes bras, mes jambes, mon visage et mon cou me serrent comme si dix mains pressaient tout mon corps en même temps. Non, pas tout mon corps : seulement les parties que William a maquillées. Le fond de teint était-il périmé ? Il faut que je me lève pour me débarrasser de…

Trop tard : clé dans la serrure, rires, chaussures, parapluie, sacs d'école. Respirer, respirer le plus calmement possible. Tenter de desserrer mentalement l'étau qui comprime toute ma peau maquillée. Me détendre. Déboulant dans la cuisine, les garçons rient en me découvrant :

— On va à un mariage ?

— En chemise de nuit ?

J'étouffe. Je me sens mal. Heureusement, ils passent au salon où j'entends la télé s'allumer. Au moment où, au prix d'un effort intense, je vais enfin parvenir à ouvrir les yeux, des petits pas reviennent, en chaussettes : les garçons.

Non, laissez-moi.

Je ne veux pas m'évanouir devant eux. Ils cherchent quelque chose dans le tiroir à maquillage resté sur la table. J'entends leur fou rire contenu. Quelque chose s'approche de mon visage. Appuie sur ma peau. Ils écrivent ou dessinent sur moi, sur mes bras, tandis que le souffle me manque de plus en plus.

— Ça va pas la tête ?! crie William qui a surgi.

Sursauts, chutes, cris, sanglots. Les enfants voulaient me maquiller, eux aussi. Ils voulaient finir le clown. Le clown, c'est moi ?

William les envoie chercher lait démaquillant et coton avec lesquels ils nettoient ma peau tous les trois, consciencieusement. Les garçons reniflent. Moi, je respire à nouveau, libérée. Ils viennent de me sauver, même si je ne sais pas de quoi.

Ma famille dîne sans parler dans les effluves frais de lotion. William, Tim et Tom. Leurs cuillers cognent le bord des bols. Leurs dents écrasent le pain, leurs lèvres aspirent du liquide à grand bruit, leurs gorges déglutissent. Un nez renifle encore. Soupe de légumes et toasts au fromage grillé.

De sa voix la plus rassurante, William leur explique que ce qui m'arrive n'est pas grave, je suis juste un peu fatiguée, je dors pour me reposer et je me réveillerai bientôt, avant dimanche, c'est ce que le docteur a dit, il ne faut pas s'inquiéter, il faut juste être patients.

Thomas demande à son père s'il va m'embrasser sur la bouche à minuit pour me réveiller, comme une princesse. Will et Tim rient. Demain, mes chéris, demain je reviens parmi vous, promis.

5

Café noir, thé au lait, toasts qui bondissent sous les ressorts du grille-pain. J'entends William sortir le beurre et la marmelade du frigo.

Tous mes sens en éveil, j'ai l'impression de me dédoubler, à force de tant dormir. Je flotte à quelques centimètres de la réalité. Comme si j'étais à la fois à l'intérieur et à l'extérieur de moi-même. Invisible mais intensément présente. Et je perds le décompte des jours.

Les garçons se lancent à l'assaut de la table chargée de nourriture. La bouche pleine, Thomas crie qu'un méchant sorcier m'a envoûtée. Son père recommence ses explications, mais sans attendre la fin de sa phrase, Tom saute de sa chaise, vient chuchoter à mon oreille :

— T'inquiète pas, maman, mon prince et moi, on va trouver l'élixir secret.

Et il sort de la cuisine en caracolant, suivi par son petit frère qui hennit de joie, à la fois cheval, écuyer et cavalier.

Deux baisers poisseux, un troisième mentholé, brouhaha de pieds, cliquetis de clés : ma famille est partie pour la journée. C'est maintenant que je dois me concentrer pour me lever. Combien de jours ai-je passés sur cette chaise ? J'aurais dû penser à un système de marquage pour me repérer : chaque matin, arracher un brin de paille et les garder sous ma main pour les compter. C'est important, pour déterminer le nombre de jours de congé qu'il me reste. S'ils vont au théâtre après l'école, nous sommes mercredi. S'ils rentrent directement, c'est jeudi. S'ils reviennent tard, c'est vendredi. S'ils ne rentrent pas, c'est qu'ils sont partis en vacances sans moi, qu'ils m'ont abandonnée.

Arrête, Rose.

Quelqu'un siffle *La Flûte enchantée* dans la cage d'escalier. La vieille dame du dessous ? La mélodie continue de monter, s'arrête sur notre palier, des clés cliquettent, quelqu'un entre et se dirige vers le salon. William a-t-il pris un congé ? Ou bien c'est un cambrioleur mélomane, muni d'un passe-partout ? Non, c'est Will, je reconnais sa façon de se frotter les mains pour se concentrer avant de… de quoi faire ? Maintenant que je ne suis plus qu'une chose pour lui, vais-je découvrir son secret ?

Il pose quelque chose de lourd par terre, traîne autre chose qui racle le plancher et qui grince. La machine à coudre. Non, la boîte à outils. Silence. Soudain, il perce et les vibrations transmises par le plancher m'envahissent. Il scie. Visse. Jure. Dévisse. Revisse. Cogne sur du métal.

J'ai du mal à me concentrer. Comme si le contrôle de mon esprit m'échappait. Tout ce vacarme produit l'effet inverse en moi et m'aspire irrésistiblement vers un sommeil puissant.

— Tadaaaaa !

Entré joyeusement dans la cuisine, Will nous soulève, moi et ma chaise, pour nous poser sur quelque chose qui tangue tandis qu'il m'explique, essoufflé :

— Des roues, Rose. Je viens de te fabriquer un système de roues pour t'emmener te promener sur ta chaise, dehors, tu es contente ?

Il me rassure : je ne suis pas verte, j'ai juste mauvaise mine à force de rester enfermée, alors depuis hier, il réfléchit pour trouver un moyen de me faire sortir, moi qui ne bouge plus. Ce matin, en accompagnant les garçons à l'école, il a croisé un landau : tilt ! Alors il a appelé le bureau pour prévenir qu'il ne viendrait pas, il est passé au magasin de bricolage, et voilà.

William m'enroule les jambes dans le plaid écossais. Il attrape ses clés, nous pousse jusqu'à la porte d'entrée, ma chaise à roues et moi, puis sur le palier, et enfin dans l'ascenseur, soulagé que sa porte ferme. Dans la cabine qui descend en bringuebalant, nous sommes tout proches, je sens une odeur de métal sur ses mains. Il me demande à nouveau :

— Tu es contente, Rose ?

Dès cet après-midi, Will, dès que nous serons rentrés à la maison, dès que tu m'auras laissé le temps de vérifier que mes yeux s'ouvrent et que ma bouche marche, j'ouvrirai les yeux, je me lèverai de cette chaise et je répondrai en te serrant dans mes bras jusqu'à ce que la nuit tombe, et même après.

Sous mes paupières fermées, je tente de reconnaître le chemin que nous prenons. Après avoir tourné à droite en sortant de l'immeuble, Will me pousse le long des bacs de fleurs jusqu'au coin du marchand de cigarettes où nous tournons à nouveau. Nous descendons la rue plantée de prunus dont je sens l'ombre chuinter sur moi. Nous passons devant le cabinet du docteur qui ne sent rien, le garage qui sent l'essence, le marchand de fruits et légumes et nous arrivons sur le pont au-dessus du chemin de fer que nous traversons. Avec les enfants, nous serions obligés de nous arrêter, il faut avoir vu au moins un train passer dans chaque sens avant de continuer.

De l'autre côté du pont, l'air sent successivement le poulet grillé, la naphtaline et la laque. La boulangère rend la monnaie de sa voix haut perchée. Nous tombons sur notre voisine du dessous. Fuis, William ! Trop tard. La vieille dame, dont j'ai reconnu l'écœurante eau de toilette au muguet, chuchote des « votre épouse » pleins de pitié pendant que son bouledogue halète en me bavant sur les pieds. Il s'appelle Benny. Elle lui parle sans arrêt, on l'entend à travers le plancher. Pire que son fils. Will parie qu'elle dort avec lui, dans son lit.

Nous reprenons notre route. Il fait beau, on dirait. C'est rare. Je cuis délicieusement sous le plaid. Le vent dans les cheveux, je me sens comme un nouveau-né qu'on promène, la vue en moins. Roule, mon amour, promène-moi jusqu'au bout de Birnam, sans t'arrêter.

Will s'arrête et jure. Il a marché dans une crotte de chien. Il nous lâche un instant, la chaise et moi, pour racler la semelle de sa chaussure contre le bord du trottoir. Emportées par notre poids, nous descendons dans la rue, cahotons sur les pavés du caniveau et poursuivons notre trajectoire. Cette rue débouche sur le boulevard. J'entends une voiture piler. Inquiète, je serre l'assise de la chaise de toutes mes forces. Crissements de freins, klaxons. William crie au loin :

— Rose, Rose, attention !

Comme si je pouvais faire quelque chose, Will. Est-ce mon destin de mourir écrasée dans la rue, en chemise de nuit, sur une chaise roulante, les yeux fermés ? Les roues avant du support cognent quelque chose qui nous renvoie, ma chaise et moi, sur un trottoir. Sauvées. D'autres chocs. Des bouffées d'odeurs, des bribes de paroles, le temps accélère et se suspend en même temps. Souvenir fugace d'autos tamponneuses. William, viens reprendre les rênes !

Un grand courant d'air minéral, un escalier que nous descendons, la chaise et moi, en cahotant, combien de marches – celui du passage souterrain, peut-être ? Ça sent le béton, la pisse et autre chose traversé trop rapidement, quelqu'un crie et nous atterrissons contre un mur froid, amorties par un corps, le pauvre, de femme, c'est elle qui criait, au parfum que je reconnais. C'est la voisine et son bouledogue qui glapit en nous inondant de bave.

Cahin-caha, William nous pousse vers la maison, la chaise, son support roulant tordu et moi. Les roues décentrées me brassent, je monte et je descends dans un épouvantable fracas de ferraille mais je n'ai pas envie de rire. J'ai failli mourir. Mourir les yeux collés, sans avoir revu mon mari ni mes enfants. À entendre ses soupirs, William aussi semble désespéré.

De retour dans notre cuisine, il nous extirpe, ma chaise et moi, du support faussé par la chute et nous pose par terre, près de la fenêtre, à notre place habituelle. Il me tâte une fois encore pour vérifier que je n'ai rien de cassé en murmurant :

— Pardon, Rose, pardon.

Il essuie mon bras – aïe, c'est un bleu – et soupire. Le plaid n'a pas tenu, c'est ce qui le tracasse. Pourtant, il l'avait bien coincé. Bah, elle est jolie, ma chemise de nuit, le rose ça me va bien, avec mes cheveux roux et mon teint pâle. Et puis c'est mon prénom ! Heureusement que je suis restée assise, heureusement que ma tête n'a pas cogné, comment ai-je fait pour passer entre les voitures sans être blessée ?

Il pleut sur mon bras. C'est William qui murmure :

— Rose, Rose, je suis désolé, j'ai eu si peur, comment j'ai pu te lâcher ?

Mon corps retourne à sa léthargie. Est-ce pour se remettre du choc ? Chaque fois que j'en sors, je veux ouvrir les yeux, me lever, quitter ma chaise mais le sommeil me reprend aussitôt et j'y sombre à nouveau, sans pouvoir l'empêcher. J'ai beau me cramponner aux sons, aux odeurs qui m'entourent pour rester dans la vie, quelque chose de plus puissant m'en arrache.

À l'aube, un clapotement me réveille. Deux pieds nus sur le carrelage de la cuisine. C'est Thomas et son odeur de plage. Il s'arrête à quelques pas de moi tandis que je lutte intérieurement pour repousser le sommeil qui m'agrippe à nouveau. Mes enfants me manquent. J'ai peur que mon absence les blesse. À quoi Tom est-il en train de penser ? Son esprit est si prompt à gambader, quelle est l'explication magique qu'il trouve à mon immobilité ?

Tom frotte quelque chose et me fait sentir ses doigts. Oh, cette odeur de tige de tomates, nous l'avons si souvent respirée ensemble ! Il recommence et je me retrouve en été, dans le potager de ma grand-mère, à ramasser les doryphores qui attaquaient ses patates pour les faire brûler, mais l'odeur s'éloigne. À sa place, une bouffée de dentifrice à la fraise me chuchote :

— Par la force de tous mes pouvoirs, je te délivre de ce sort. Abracadabra !

Une petite bouche se pose sur la mienne, l'embrasse puis recule. Rien ne se passe. Mon fils retourne se coucher. Tom, Thomas, attends !

6

On m'appelle. Qui ?

J'ai mal partout, mon corps est moulu, une migraine terrible me bat les tempes.

C'est Lucy, mon amie d'enfance. La pluie tombe derrière la fenêtre entrebâillée. Que fait-elle ici, en pleine journée ? Elle ne travaille pas, elle non plus ? Ma vie qui déraille entraîne-t-elle celle de mes proches dans le même désordre ?

J'entends Lucy ôter ses bottes sur le carrelage, secouer son parapluie qu'elle pose dans l'évier, installer son imperméable crissant sur le dossier d'une chaise et s'approcher, semant des gouttelettes, tout en me parlant. Elle parle tout le temps, Lucy. D'habitude, nous rions beaucoup mais là, je ne comprends pas ce qu'elle dit. J'entends ses mots l'un après l'autre mais ils paraissent provenir d'une langue inconnue. Ils jaillissent des vagues de sa voix comme des poissons volants qui replongent aussitôt dans la mer de coton qui m'entoure. Sans faire aucun sens. Elle ouvre la fenêtre en grand, la fraîcheur de la pluie envahit la cuisine.

Lucy se presse contre moi. Ma tête sous ses seins lourds et tièdes, j'écoute son cœur. Mon amie m'enjambe, grimpe sur mes genoux et, se tenant à mes épaules, elle se redresse d'un coup en pressant son ventre contre ma figure. Le nez écrasé, les plis de sa robe plein la bouche, j'étouffe, bercée par le flot de sa voix et là, je l'entends. Le second battement, infiniment discret. Lucy est enceinte. D'une fille, peut-être ? Dix ans au moins qu'elle essaie d'avoir une fille. Dix ans et quatre garçons, dont des jumeaux. Déséquilibrées, nous tombons à la renverse, elle, moi et la chaise.

Lucy se remet debout en riant, moi je reste assise, immobile, dos au sol, mains serrant le siège, pieds en l'air. Lucy tente de me relever : en vain, je me tiens à la paille de l'assise. Elle essaie de nous hisser ensemble, la chaise et moi, mais nous sommes trop lourdes. Elle soupire, cherche autour d'elle. Pensant que mes capacités auditives ont diminué, elle crie à mon oreille, mais je ne comprends pas mieux son langage. C'est fou comme cette position inversée peut affecter ma circulation interne. Le sang me bat aux tempes, les bisons piaffent, la nation apache va attaquer. Ma tête va exploser si on n'y plante pas un robinet d'évacuation.

Le vent a tourné, la pluie entre par la fenêtre et tombe sur mon front gonflé à en éclater. N'existe-t-il pas une torture de ce genre ? La bouilloire ronfle et claque. Dans un brouillard écarlate, je sens Lucy se pencher sur moi et, dans un effort extraordinaire, nous remettre debout, la chaise et moi, sur nos six pieds. Je l'embrasserais bien mais la mer rouge de mon sang basculé s'élance dans tout mon corps comme l'immense vague d'un barrage soudain libéré et me fait perdre conscience.

Qu'est-ce qui me brûle la lèvre ?

Lucy, c'est Lucy qui veut me faire boire parce que le thé résout tout : rien ne résiste à sa chaleur bienfaisante. Impossible d'ouvrir la bouche. Pourtant, j'ai soif. Lucy penche la tasse, le thé brûlant coule sur mon menton, dans mon cou. Elle lâche la tasse qui se brise par terre et le reste de thé me brûle le bras, les cuisses, les mollets. Vite, Lucy attrape un torchon pour éponger ma peau fumante en s'excusant, ramasse les débris de porcelaine qu'elle jette sur la table en m'assurant qu'elle devait être fêlée, s'essuie avec le torchon, m'essuie à nouveau, me serre dans ses bras et éclate en sanglots tandis que, stupéfaite, je me sens pétiller de l'intérieur. Réveillée.

Puis replonger.

Le frigo tremble et s'arrête. C'est la nuit mais je ne suis pas seule. C'est William, immobile, à l'entrée de la cuisine, qui respire lentement. Je sens ses yeux qui me parcourent. Qu'attend-il ?

Il fait quelques pas vers moi et s'arrête. Est-ce un jeu ? En pleine nuit ? Est-il somnambule ? À nouveau quelques pas. Stop. Encore trois. Il est tout proche. À quoi joue-t-il ? À un-deux-trois soleil, en variante muette pour ne pas réveiller les enfants ? Je sens son odeur et son souffle. Il se penche sur moi, m'embrasse sur la bouche et recule. Attend quelques secondes, soupire et repart vers notre chambre tandis que des cloches sonnent, au loin.

— Rose ?

Qui m'appelle encore ?

— Rose, écoute-moi ! Si tu ne te réveillais plus jamais ?

C'est William qui chuchote. Je comprends ses paroles, quel soulagement.

J'entends aussi les garçons se courir après dans le couloir. C'est le matin. Peu importe : il se passe quelque chose de nouveau dans mon corps.

William souffle son inquiétude dans mon oreille. Les jours se suivent et il ne voit rien changer. J'ai de plus en plus mauvaise mine. Il s'est même habitué à me voir là, sur ma chaise, le matin, pendant qu'il boit son café. Si ça se trouve, ça va être comme ça tous les matins maintenant. Si ça se trouve, je ne vais plus jamais me réveiller.

Je comprends son angoisse mais je suis étonnée par ce qui se passe à l'intérieur de moi. Quelque chose commence à pousser dans mon dos, dans mes mains, sous mes fesses, sous mes cuisses et au creux de mes genoux. Quelque chose semble s'être ouvert entre ma peau et la chaise, qui circule entre elles deux. Une matière vivante comme des cheveux ou du fil, en pleine croissance, qui soude mes paupières aussi, plus finement.

William crie :

— Bientôt prêts, les garçons ?

La porte claque, ils partent tous les trois pour l'école. D'où viennent ces nouvelles sensations que je sens se développer ?

Je fais souvent le même rêve, depuis samedi. Je suis enfant, je marche dans un vaste hall carrelé éclairé par un puits de lumière et meublé de vieilles banquettes en skaï autour de tables basses en verre fumé. Est-ce une salle d'attente ? Derrière les parois de verre de ce hall immense, je vois des arbres, des feuilles, une forêt luxuriante.

Mes pas résonnent sur le carrelage. Je marche tranquillement, sans m'arrêter, j'arpente ce hall désert jusqu'à l'une des baies vitrées derrière laquelle le feuillage traversé par le soleil bat doucement, puis je repars dans l'autre sens.

Pourquoi suis-je là ? Comment suis-je venue ? Pourquoi suis-je seule ? Suis-je à la recherche de quelqu'un ? Ce grand hall vide semble aussi faux qu'un décor abandonné mais je marche tranquillement entre les tables et les banquettes râpées, d'un vitrage à l'autre. Derrière, les arbres vibrent au soleil, et mes sandales de petite fille claquent sur le sol carrelé.

Cette odeur de produits d'entretien. C'est Betty. Ma sœur. Elle fait le ménage dans des entreprises, tard le soir et tôt le matin. À cette heure, elle devrait faire la sieste. Assise en face de moi, elle se tait mais sa présence me fait du bien. Elle nous rejoint souvent sur la plage, l'été. C'est toujours la première dans l'eau. Quand elle ressort, on dirait une crevette géante avec sa peau orange.

Chaque fois qu'elle décroise ses jambes, j'entends l'électricité crépiter entre sa jupe et ses collants. À quoi pense-t-elle ? À quoi pense-t-elle que je pense ? Pense-t-elle que je pense à quelque chose, elle ?

Betty se lève, me contourne et, debout derrière moi, pose ses deux mains qui sentent l'eau de Javel sur mes épaules. Pour m'étrangler ? Non, pour me masser au son de ses colliers qui cliquettent. Pendant notre enfance, après chaque dispute, c'est ainsi que nous faisions la paix : en nous massant l'une l'autre. Et dans notre lit commun, le soir, pour nous endormir, nous nous massions aussi les mains, mutuellement.

Les doigts de Betty appuient pile comme il faut sur mes muscles qu'ils attendrissent. Elle malaxe mes épaules nues, juste au-dessus de cette sensation bizarre qui commence là où mon dos touche la chaise. J'ai l'impression que la chaise s'est transformée, cette nuit. Que son bois redevient vivant. Irrigué par le thé renversé par Lucy, il semble pulser de sève, à nouveau, comme il devait le faire avant qu'on le coupe, qu'on le tourne, qu'on le colle, qu'on le cloue. Cet étrange fourmillement, c'est comme si la sève de la chaise rencontrait ma chair humaine. Voilà pourquoi j'ai ces absences, peut-être.

Embruns salés, fracas des vagues, cris tournoyants des mouettes : nous sommes sur la jetée face à la mer, mon endroit préféré. Qui m'a amenée ici ? Betty ? Non, William. Combien de jours ont passé depuis les mains de ma sœur sur mes épaules, dans la cuisine ?

Assis à côté de moi sur l'un des bancs en pierre, Will fume en silence. Il a donc réparé les roues du support tordues par l'accident. Je n'ai aucun souvenir du trajet. De temps en temps, des gens passent sur la promenade, dans les deux sens, avec ou sans chien en laisse dont j'écoute les pattes tapoter le béton comme une pluie de gravier léger. Voix et aboiements se perdent dans le vent qui sent les algues. Mes cheveux tourbillonnent. Will ôte une mèche de ma bouche – tes cheveux de flamme, il me dit souvent – puis caresse ma joue et soupire. La bruine nous enveloppe.

Il se lève en craquant des genoux, rajuste le plaid autour de mes jambes et commence à me pousser. Nous rentrons.

Je pense à un pull que j'ai, gris, en angora, un peu moucheté. Doux à y plonger son visage. Rien que de savoir que ce pull existe, je suis apaisée.

C'est la nuit, nos fils sont couchés, William aussi, l'air sent inexplicablement le feu de bois et je respire tranquillement, les yeux fermés. Malgré l'étrangeté de ces derniers jours, la vie me semble limpide et la nuit m'enveloppe dans la même douceur que celle de mon pull gris.

Je suis toujours chez nous, dans la cuisine, c'est la nuit et deux petites voix chuchotent devant moi. Elles me trouvent vraiment verte. Elles se demandent si je moisis. Non, il n'y a que les choses qui moisissent, pas les gens. J'ai mangé trop d'épinards, peut-être ? Non, il n'y a que les flamants roses qui prennent la couleur de ce qu'ils mangent. Je suis une extraterrestre, alors ? Non, je le leur aurais dit parce qu'ils sont mes enfants, et qu'ils seraient donc mi-extraterrestres, mi-humains. Ça serait génial, mais ils ne le sont pas. Sinon, ils auraient des superpouvoirs, genre marcher au plafond, tout ça. Pourquoi je suis si verte, alors ? On sait pas. Je leur raconterai sûrement quand je me réveillerai. Et les deux voix repartent en clapotant des pieds.

Je rêve à nouveau du grand hôpital désert. Enfin, il me semble que c'est un hôpital. Cette fois, lorsque j'atteins l'extrémité du hall, je découvre un escalier en colimaçon dont je monte les marches de métal rouillé qui résonnent. Entre les dernières, de fines toiles d'araignées palpitent. Arrivée à l'étage, je pousse une porte qui donne sur un long couloir jalonné d'autres portes, plus étroites, des deux côtés. J'avance, je me hausse sur la pointe des pieds : ce sont des chambres, derrière leurs hublots de verre. De petites chambres identiques et vides, aux lits défaits, aux draps jaunis, aux fenêtres ouvertes dont les battants vermoulus claquent au-dessus de margelles moussues. Sur le linoléum gondolé, quelques flaques de pluie. Au bout du couloir, une grande baie encadre la même végétation luxuriante qu'au rez-de-chaussée, comme si ce bâtiment avait été bâti au cœur d'une immense forêt.

7

Pourvu que ce ne soit pas vers l'arrêt de bus que William et les garçons nous fassent rouler, ma chaise et moi.

J'ai peur. Il fait jour, nous sommes dehors, tous les quatre, et nous avançons sur le trottoir. Pour quoi faire ? Ma chaise et moi sommes à nouveau posées sur le châssis. Nous avons tourné à droite en sortant, nous suivons notre rue. Marchand de cigarettes, cabinet du docteur. Nous roulons droit, c'est déjà cela. Ne me lâche pas, Will, je ne veux pas risquer de mourir, à nouveau. Pas aujourd'hui.

Les garçons courent devant nous en criant tandis que William nous pousse à pas réguliers. Depuis que nous sommes sortis de l'immeuble, je me sens frôlée. Ou plutôt observée, sur ma gauche, par une foule immobile et silencieuse. Tout le quartier, au courant de mon histoire, depuis l'accident, s'est rassemblé pour me regarder passer ? Non, ces présences ne sont pas humaines. Elles sont plus petites, fragiles.

Je visualise notre rue. Il n'y a que les plantes dans leurs bacs, à cette hauteur-là. Les bacs de briques le long desquels les garçons marchent en équilibre, bras écartés, en gloussant d'excitation. *Plantes, plantes, plantes*, le mot roule dans ma tête, comme un soleil. Les plantes des bacs m'appellent et je les comprends, sans mots, intérieurement. S'échange même entre nous une sorte de conversation, fluide et musicale, dont les flots lumineux me transportent de calme.

— Le train !

Nous sommes arrivés sur le pont. Dans un fracas métallique, le tremblement gagne mes pieds, les pieds de ma chaise et nos roues. Les garçons doivent déjà s'être accroupis contre la rambarde, hypnotisés par l'arrivée du monstre de ferraille, leurs doigts dans les trous du grillage de protection. Sans s'arrêter, William peine dans la montée puis nous retient, ma chaise et moi, à petits pas, dans la descente. Il s'arrête au bout du pont, le temps qu'un second train passe dans l'autre sens. Les enfants nous rejoignent et attrapent le montant de ma chaise pour traverser.

Bouffées âcres qui s'échappent par la porte du coiffeur. J'ai chaud sous le plaid dont Will m'a couverte jusqu'aux épaules. Boulangerie, une nouvelle fournée a dû sortir récemment du four. Café, flipper, conversations, toux et tiercé haletant à la télévision. William ralentit : c'est là qu'il a lâché ma chaise, l'autre jour. Ses jointures craquent tellement il serre fort mon dossier. Nous tournons au coin du boulevard dont le vacarme m'assaille. La croix de la pharmacie et son grésillement clignotant. Lorsque nous traversons, je perçois, lointaine, l'odeur de pierre du passage souterrain mais aujourd'hui, je me sens en sécurité. William mourrait plutôt que de lâcher le dossier de ma chaise roulante. Les murs que nous longeons dégagent une chaleur douce et chacune de leurs pierres m'adresse un petit claquement de langue.

Au parc. C'est au parc que nous allons, voilà pourquoi Thomas fait rebondir son ballon si joyeusement. Il lui échappe, roule dans la rue, William le rattrape et le coince sous ma chaise. Les garçons se taisent puis j'entends Timothy rire, par à-coups. Thomas aussi. Ils rient de plus en plus fort. Dans leur rire, j'entends autant de peur que d'excitation. Je reconnais leur jeu : marcher droit devant soi, les yeux fermés, sans tricher, le plus longtemps possible, et celui qui ouvre les yeux en premier a perdu.

Bong. Tim pleure, William s'arrête pour le consoler, Tom fait semblant de se cogner lui aussi, dans le poteau suivant, pour faire rire son petit frère.

C'est un parc semé d'arbres, de buissons fleuris et de pelouses qui alternent avec des terrains de jeux couverts d'un revêtement synthétique. Au loin, le ronronnement de l'autoroute est étouffé par l'épaisseur d'une haie.

Le ballon de Tom martèle la zone damée sur laquelle nous nous sommes arrêtés mais Tim veut courir. William se relève, ôte les cailloux qui bloquaient ma chaise, reprend mon dossier et nous pousse un peu plus loin. Il cale mon véhicule à nouveau, remonte le plaid sur mes épaules et se rassoit. Les garçons tournoient autour de nous, jouent en criant. Des chiens aboient, des conversations passent, des mouettes criaillent au-dessus de nous puis s'éloignent. William allume une cigarette, j'entends le petit pop de ses lèvres lorsqu'il souffle des ronds de fumée.

Où sont-ils passés ? Ils jouaient à cache-cache, tous les trois, je les entendais s'appeler, mais là, plus un bruit. Même plus de mouettes. Il doit commencer à faire nuit, les cloches m'ont réveillée. Le ronflement des voitures a décru, mes poumons se déplient. Le vent qui s'est levé fait bruisser les feuilles des arbres. L'air pue la levure.

Ils ont dû partir acheter une gaufre. D'ici à la baraque près du lac, cela fait loin, pour des enfants. Peut-être mangent-ils sur place en regardant les taches claires des cygnes glisser sur le miroir de l'eau fade. Le crépuscule embaume le métal et l'herbe. Le vent pousse mon plaid à petits coups de tête.

Non, ce sont des crêpes que William doit leur acheter. Ou des frites. Ou ils m'ont oubliée. Des pieds d'enfants martèlent un chemin au loin, mais ce ne sont pas les miens.

Plus rien. Juste des chants d'oiseaux. Qui se rapprochent, ou c'est le vent qui a tourné. Mes oreilles s'épanouissent comme des belles-de-nuit dans l'air qui sent l'humus et l'herbe écrasée. Plus on vieillit, plus les oreilles poussent, il paraît. Et le nez.

Quelques oiseaux volettent autour de moi. Ils reprennent possession de leur territoire. Assise sur ma chaise, immobile derrière mes paupières fermées, je ne dois pas leur faire plus d'effet qu'une souche.

Un oiseau se pose sur mon pied. Le bout pointu de ses pattes me chatouille. Quel genre d'oiseau est-ce ? Si seulement j'avais ce guide que j'ai offert à William pour son anniversaire. Non, le temps que je le sorte de ma poche, l'oiseau se serait déjà envolé. D'ailleurs, ma chemise de nuit n'a pas de poches. Et je ne peux pas bouger. Et mes paupières sont collées.

L'oiseau saute de mon pied droit sur le gauche, qu'il commence à picorer. Ce n'est pas un pigeon, je l'entendrais roucouler. Ni un moineau. Un peu plus lourd. Une pie, peut-être ? Ou un geai ?

J'ai trois oiseaux sur moi : l'un sur mon pied, l'autre sur mon épaule droite et le dernier sur mes genoux, où il tourne en rond pour trouver la meilleure position. Ses petites pattes piquantes s'enfoncent dans mes cuisses. Celui sur mon épaule reste parfaitement immobile, j'entends son cœur minuscule battre contre mon oreille. Celui sur mon pied n'arrête pas de picorer, d'un coup de bec précis, pic ! Puis il change de place et guette, jusqu'au moment où pic ! il se penche à nouveau sur ce qu'il a repéré.

Quelque chose frémit dans l'air. Mes poils se dressent, électrisés. Mes cheveux aussi le feraient, s'ils le pouvaient, mais un quatrième oiseau vient de se poser sur ma tête. Nous attendons tous les cinq. Nous écoutons de toutes nos oreilles.

Le vent tombe d'un coup. Silence complet. L'air sent l'ozone. L'orage éclate, si rare dans notre ville. Un orage sec. Le tonnerre roule jusqu'au plus profond de mes os. La lumière métallique des éclairs transperce le rose de mes paupières qui blanchit et me fait tressaillir. Et l'averse se déclenche, brutale. Immobiles, les oiseaux et moi, nous laissons la pluie nous frapper de grosses gouttes tièdes qui éclatent et ruissellent le long de mon corps et de la chaise, jusqu'à mes pieds. Je partage le plaisir des oiseaux. Ils doivent incliner leur tête en arrière et ouvrir grand leur bec pour boire la pluie. Je les imite, comme quand j'étais petite, dans le jardin de Granny. Ma tête à la renverse, mon dos reste appuyé au dossier souple et chaud et mes mains, posées sur la paille mouillée.

Bienfaisante fraîcheur. Bonheur de me laisser tremper. C'est la même sensation que l'autre jour, avec le thé de

Lucy, mais décuplée. La pluie nous relie tous les cinq en un seul corps vivant. Nous sommes une créature à huit ailes, un nez, quatre becs, dix yeux fermés. L'eau tambourine sur les feuilles et les pierres alentour et ruisselle sur nos peaux et nos plumes. Nous allons rester là toute la nuit.

Tous les oiseaux s'envolent. Que se passe-t-il ?

J'écoute à travers la pluie de riz. Quelque chose approche. Un chien ? Un cheval ? Un hippopotame échappé du zoo ? Le sol tremble sous le martèlement d'une course. Les herbes soupirent en se couchant sous des pattes ou des pieds qui galopent, quatre, non, six, sous des froissements de ciré, de K-Way…

— Elle est là !

Un enfant, dans le bois, la nuit – quels parents inconscients ? – se jette sur moi. C'est Thomas. Heureusement que les oiseaux sont partis. Puis Timothy et ses bras qui crissent. Et la voix de William :

— Oh, Rose, désolé, c'est de ma faute, on jouait au ballon et on t'a oubliée, t'es pas trop trempée ?

C'est gentil d'être venus me dire bonsoir.

Une drôle de chaleur se promène sur mon corps. C'est la lampe de poches de Tom. William lui demande d'arrêter, il va m'éblouir.

— Ben non, puisqu'elle a les yeux fermés, répond Tom.

— Même, gronde Will.

— Même, même, même, même, chantonne Tim d'une voix aiguë.

— Allez les garçons, on repart.

Ma chaise s'ébranle. L'herbe trempée se couche sous les roues, les feuilles collées s'écrasent, les cailloux ricochent. Non, William, laisse-moi ici !

En me poussant avec enthousiasme à travers la nuit qui goutte, tandis que les enfants gambadent, Will me raconte ce qu'il a décidé : demain, c'est dimanche, Betty devait venir déjeuner alors il a aussi invité Joe et Lucy, avec leurs enfants, il va faire un super repas, tous mes plats préférés. Ça, plus tout ce monde qui m'aime autour de moi, je vais bien être obligée de me réveiller. En cas de besoin, il demandera aussi au docteur Smith de passer.

J'ai eu mal, petite, quand je me suis déchiqueté le menton et la bouche dans le gravier en voulant sauter à pieds joints par-dessus une chaîne. J'ai eu mal au majeur et à l'annulaire de la main droite quand je suis tombée de vélo, un dimanche matin où j'essayais de faire une roue arrière sur le parking. J'ai eu mal au ventre le second jour de mes règles pendant des années, à marcher pliée en deux. J'ai eu mal bien d'autres fois encore mais là, c'est étonnant : je n'ai mal nulle part. Aucune douleur. Même mes souvenirs de douleur s'estompent, tombent en poussière. Pourtant, je ne peux pas rester dans cet état, si léger soit-il. En déraillant, cette semaine, ma vie commence à faire dérailler celle de mes proches. Ce que je peux supporter pour moi, je ne peux pas l'imposer aux autres. Ce que je vis est trop brutal pour mon entourage.

À force de patience et de concentration, j'arrive à ouvrir les yeux. Mes paupières semblent chargées de fines particules qui s'effritent dans une légère odeur d'herbe coupée. Puis je parviens à ouvrir la bouche, scellée par la même matière friable. Je réussis même à prononcer quelques mots, distinctement, à voix basse pour ne pas les réveiller. Toute une partie de la nuit, je m'acharne sur mes paupières et sur mes lèvres pour les assouplir, pour leur faire retrouver leur condition normale, et je gagne.

Nous sommes dimanche matin, c'est l'aube et, dans quelques heures, je vais enfin pouvoir revoir mes enfants, mon mari, mes amis et recommencer à leur parler. La seule chose qui résiste encore, c'est une matière étrange qui me colle à la chaise dans le dos, sous les fesses, les cuisses et dans le creux des genoux. J'ai eu beau tirer, tourner, faire bouger le reste de mon corps, c'est un genre de résine qui m'empêche de bouger. Mais Will est inventif, nous trouverons une solution ensemble.

Plus que quelques heures et ma vie va reprendre normalement. Je me suis offert une semaine de vacances qui ne peut plus durer, une parenthèse délicieuse, mais trop étrange, je dois la refermer sous peine de perdre ceux que j'aime.

Je me sens profondément différente. J'ai changé physiquement et mentalement. Certaines de mes pensées m'effraient. J'ai beau les chasser, elles scintillent dans mon esprit, alors qu'avant je ne les aurais jamais formulées ni même conçues. Comme hier soir, ces oiseaux que j'ai failli préférer à mes enfants. C'est effrayant. J'arrête, c'est décidé.

Mais j'ai peur, comme au bord de traverser un lac verglacé. Ce retour à la normale n'arrive-t-il pas trop tard ? Puisqu'elle a des roues maintenant, pourquoi William n'a-t-il pas garé ma chaise dans notre chambre ? Pourquoi ne nous a-t-il pas couchées avec lui entre les draps, la chaise et moi ? Depuis ce samedi matin où j'ai fermé les yeux, notre monde se fissure. Comment l'empêcher de voler en éclats ? C'est la question qui m'agite toute la nuit. Voilà pourquoi je veux leur offrir le miracle de mon retour.

Je réfléchis longuement pour créer un instant si extraordinaire qu'il effacera toute l'étrangeté de ma semaine de léthargie. Dans quelque temps, nous en rirons ensemble. Et dans quelques années, nous ne nous souviendrons que de ce dimanche rayonnant, où nous allons être toutes et tous si heureux de nous retrouver.

Je regrette d'être en chemise de nuit. Après tout ce qu'elle a vécu depuis une semaine, elle doit être peu présentable.

J'espère que personne ne fera de photos. Que mes proches seront tellement saisis de bonheur qu'ils et elles en oublieront de fixer ce moment-là. Mes ongles sont-ils encore vernis ? Au moins, mes yeux ne doivent plus être cernés, avec tout le sommeil que j'ai récupéré. Et l'orage de cette nuit m'a lavée, je ne dois pas sentir trop mauvais. Ni mes cheveux, sembler trop gras. Les garçons vont peut-être me déguiser pour cette fête ? Non, l'épisode maquillage-allergie a dû les vacciner. D'ailleurs, l'effet sera encore plus réussi si, frêle et immobile dans ma pauvre chemise de nuit rose froissée, j'ouvre simplement les yeux et je leur souris.

8

L'interphone bourdonne. Exceptionnellement, William m'a installée au salon, il a besoin de place pour préparer le déjeuner dans la cuisine. Le bouledogue du dessous aboie. Pourvu que mes absences ne me reprennent pas. Pourvu que je réussisse mon retour à la vie, au milieu de tout cet amour, et qu'il soit aussi éblouissant que je l'ai imaginé.

On sonne à notre porte. C'est Betty, je reconnais son rire. Crissement de plastique, parfums sucrés : ma sœur apporte un bouquet. Les garçons crient de joie en se jetant sur elle, ils s'embrassent, se chatouillent, Will met les fleurs dans l'eau et Betty pose son parapluie, son imperméable et ses bottes dans l'entrée puis s'approche de moi sur la pointe de ses collants. Ne dit rien mais m'embrasse sur le front. Lorsqu'elle sourit, cela fait un petit bruit dans l'air. Elle pose ses mains chaudes sur mes épaules, elle commence à me masser doucement et je fonds.

Nouveau coup de sonnette : c'est Lucy, Joe et les garçons qui courent dans la chambre des nôtres, à peine leurs cirés ôtés.

— Chaussures ! crie Joe.

Les enfants reviennent, grondement de baskets trempées, nouveau départ groupé. Lucy a fait des cakes, pour le dessert. Will râle qu'elle était chargée de l'entrée. Lucy rit : personne n'aime les hors-d'œuvre, alors que le sucre… De la chambre des enfants me parviennent leurs voix aiguës sur fond de disco chinois qui joue juste, Will a dû changer les piles du magnétophone.

Une odeur de métal entre dans le salon. C'est Joe, il est soudeur. Il s'approche de moi, s'immobilise. J'entends William le rejoindre. Joe lui demande à voix basse depuis combien de temps je suis comme ça, déjà. Will lui répète l'explication du docteur, lui dit sa certitude qu'aujourd'hui sera le jour de mon réveil, tant de gens qui m'aiment rassemblés – puis retourne surveiller le rôti dans la cuisine.

Le déjeuner est en train de cuire, les garçons jouent dans leur chambre-champ de bataille et les adultes boivent des bières au salon, tendus mais blagueurs, autour de moi qui réfléchis encore au meilleur moment pour revenir parmi eux : avant ou après le repas ? Avant, je risque de me compliquer la vie au cas où mes capacités masticatoires seraient rouillées, et eux, du coup, de manger trop cuit, s'ils doivent s'occuper de moi. Après le repas, ce sera mieux. Au dessert ou au café.

Joe se lève et demande s'il peut poser quelque chose à mes pieds. William répond que s'il y croit, pourquoi pas. J'entends la voix grave de Joe prier en vieille langue, tout bas, tandis que quelque chose me chauffe les chevilles. Est-ce une bougie ? Joe est pratiquant. Je sens ma chaise frémir. Se contracter. Sa vague de panique me traverse aussi sans que je comprenne d'où elle vient. La horde des garçons déguisés surgit, Joe se relève, regagne le groupe des adultes, tout le monde rit et fait passer les bols de gâteaux apéritifs.

Planté à côté de moi, le petit Ronnie fourre une poignée de chips dans sa bouche et demande à la cantonade pourquoi je ne bouge pas. Comme personne ne lui répond, il enfourne une nouvelle poignée de chips et me le demande à moi, en postillonnant. Je ne réponds rien, il touche mon bras, le pince puis s'en va en faisant le bruit d'un hélicoptère.

Chaque fois qu'ils se retrouvent, Pete, Tom et Tim préparent un spectacle. Leur pull noué en cape autour du cou, j'imagine, ou drapés dans leur housse de couette, ou casqués de nos casseroles, ils commencent à jouer devant les adultes tandis que les jumeaux font une course de voitures téléguidées entre toutes les jambes. Un bolide miniature percute mes chevilles et repart en vrombissant. Que font les adultes ? Ils discutent politique pendant que Thomas déclame :

— Seigneur, j'étais de garde, tout à l'heure, sur la colline…

face à Pete qui lui répond, à cheval sur le dos de Tim qui caracole :

— Tu mens, esclave !

Mon travail de cette nuit conserve ses fruits, mes yeux et ma bouche sont toujours libres. De temps en temps, j'entrouvre mes lèvres et je soulève imperceptiblement les paupières pour guetter le moment idéal, dans ma meurtrière de chair.

Nouveau coup de sonnette : c'est le docteur Smith. J'aurais dû me réveiller avant son arrivée, pour n'offrir ce cadeau qu'à mes proches. Tant que personne ne me regarde, j'ouvre franchement les yeux : les adultes parlent de plus en plus fort et rient, les jumeaux et Timothy se gavent de bonbons, Tom et Pete qui ont changé d'histoire rampent sous des barbelés imaginaires et le petit Ronnie fait le cosmonaute, le bol de chips vide sur la tête.

C'est le bon moment, il faut que je revienne parmi eux. La chaise tremble d'émotion, moi aussi. J'attends juste le silence. Une seconde de silence, pour que je puisse les appeler, pour qu'ils se tournent vers moi et que l'effet…

— … RIEN MANGÉ ?! rugit le docteur.

Silence général, tous les regards convergent sur moi qui referme aussitôt les yeux. William bredouille :

— Non, rien mangé depuis samedi, pourquoi ?

La voix blanche, il se défend : il ne savait pas qu'il fallait me nourrir de force. On ne lui a rien dit. D'ailleurs, je n'ai rien bu non plus. Est-ce que c'est grave ?

Le docteur le traite d'inconscient, les traite tous d'inconscients et arrache le téléphone des mains de Tom l'agent secret, pendant que William tente de comprendre la colère du médecin. Sa voix grimpe d'angoisse dans les aigus : le jeûne n'est-il pas conseillé quand on est malade ?

Maintenant, le docteur traite Will d'assassin. Le mépris de sa voix et les relents de son après-rasage me soulèvent le cœur. Je l'entends pianoter un numéro à toute allure, commander une ambulance, donner notre adresse dans un silence sidéré puis raccrocher d'un coup sec et courir vers la porte d'entrée qu'il ouvre sur des effluves de chou froid.

— Une ambulance, mais pour quoi faire ? demande Will, qui l'a rejoint sur le palier.

Le médecin explose de colère :

— Parce que le corps humain ne peut pas survivre plus de trois jours sans boire !

S'il ne l'a pas dit à William, c'est parce que c'était évident, tout le monde a besoin d'eau, même les animaux, même les plantes, bande de demeurés.

Ceux que j'aime tremblent. La fureur du docteur et la culpabilité fracassent notre joyeux dimanche. Je sens les enfants au bord de pleurer. Le hurlement lancinant d'une ambulance approche dans la rue, en contrebas. Puis-je me réveiller en urgence ?

Trop tard, l'interphone grésille et j'entends les ambulanciers monter l'escalier au pas de charge. Le docteur leur crie que c'est au troisième.

De nouvelles odeurs font irruption chez nous, plastique, éther, sueur et autre chose, venues du dehors et se penchent vers moi pour me soulever de ma chaise, en vain. C'est collé, s'étonne une haleine de café tandis qu'une paire de bras qui sent la cigarette s'acharne à tirer sur mes jambes, mais William leur explique que la chaise roule grâce au support qu'il a fabriqué alors on décide de nous pousser, telles quelles, vers la porte et une voix crie d'éteindre cette bougie, ça leur suffit pas, ils veulent que les gosses foutent le feu ?

Emportée par des mains inconnues, je traverse ma famille, mes amis et leur haie de parfums familiers en plein désarroi. J'ouvre les yeux, tant pis pour la mise en scène, je dois voir ce qui se passe mais les larmes me brouillent la vue. Le parfum des fleurs de Betty me saute au nez, au milieu de leur peur acide, à toutes et à tous. Je voudrais supplier les ambulanciers de me laisser chez moi mais l'émotion me coupe la parole et nous sommes déjà sur le palier.

William se précipite pour demander le nom de l'hôpital où ils m'emmènent. À l'hôpital, moi : pour quoi faire ?

Les portes de l'ascenseur claquent et la cabine m'aspire vers le bas, dans un nuage de relents inconnus. Le docteur Smith nous attend dans la rue, ma chaise à roues et moi. Il pleut mais j'ai à peine le temps d'en sentir la fraîcheur qu'on nous enfourne dans l'ambulance, sur un brancard aux draps secs, sur lesquels on nous sangle. Les portières du véhicule se referment, la sirène se remet en marche et l'ambulance m'arrache aux miens.

Ce n'est pas du tout ce que j'avais prévu. Je devais magnifiquement revenir à la vie sous les yeux de ma famille et de mes amis émerveillés. Je devais leur sourire, leur parler, rire de leur surprise et de leur soulagement, nous devions nous réjouir ensemble de mon réveil, ils devaient m'aider à me décoller de la chaise avec tendresse et douceur, et moi, les serrer dans mes bras et nous devions faire la fête, la fête, vous entendez ?

9

Nous traversons Birnam, toutes sirènes hurlantes, et je pense aux garçons qui rêvent de monter un jour dans un véritable camion de pompiers. Comment Will les console-t-il de ma disparition abrupte ? Quelle explication rassurante invente-t-il pour les calmer ? Et Joe et Lucy, et Betty ?

Nous sommes couchées sur le dos, ma chaise et moi, dans la même position que lors de la visite de Lucy, quand nous sommes tombées à la renverse. Je pense au futur enfant qui pousse dans le ventre de mon amie. L'avait-elle annoncé à Will et à Betty ? Comment le leur dire, maintenant ? Choquée par mon enlèvement, je cherche quelque chose de beau à quoi me raccrocher.

La pluie tombe toujours lorsque l'ambulance se gare devant les urgences de l'hôpital, dont je perçois sans le voir le néon bleu froid qui clignote. De fines gouttes tombent sur nous tandis qu'on déplie les pieds roulants du brancard sur lequel nous sommes toujours sanglées, l'une et l'autre. On nous pousse sur le linoléum chuintant de couloirs qui tournent à angle droit, les odeurs chimiques nous assaillent de portes battantes en portes battantes et le ventre du monde médical nous boit.

Une violente piqûre dans le bras. Presque immédiatement, la sensation délicieuse d'une énergie liquide et rayonnante qui se diffuse dans tout mon corps, et dans celui de la chaise qui m'est devenue si proche. De nouvelles blouses musclées nous tournent sur le côté, appuyées sur des blocs de mousse, pour observer l'étrange colle qui nous relie, la chaise et moi. Personne n'a jamais vu cela, apparemment. Les médecins et le personnel médical défilent autour de notre lit, sidérés. Nous sommes en train de nous mélanger, c'est ce que je comprends de leur brouhaha. Traversant le fin tissu de ma chemise de nuit, la paille de la chaise et le bois de sa structure sont apparemment entrés sous ma peau, sans rejet ni inflammation de mon organisme, où ils poursuivent leur avancée. Cette paille et ce bois semblent redevenus vivants. De petites pousses hérissent les montants de la chaise, ses pieds et son dossier qui sont presque souples au toucher et la paille a verdi, elle aussi. C'est ce que je sentais.

La colère m'empêche de me concentrer sur ce phénomène. Je hais le docteur Smith. Je hais tous les docteurs.

Je voudrais les mordre jusqu'à l'os, les laisser se vider de leur sang à mes pieds pour qu'ils expient le mal qu'ils viennent de me faire : séparée de ma famille, de mes amis, alors que j'allais pouvoir tout réparer. Jamais je ne leur pardonnerai.

William, enfin ! Effaré par la foule médicale et ses codes inconnus, il attend que le troupeau de blouses blanches quitte ma chambre pour entrer. Je reconnaîtrais son odeur aimée entre mille. Il s'agenouille en craquant des genoux contre mon lit, à la hauteur de mon visage qui ne peut pas le voir mais le hume et le perçoit de toutes ses forces, et il essuie mes larmes avec son mouchoir, ou les siennes, qui sait, nous sommes si proches. Il murmure :

— Tu es vivante, Rose, c'est tout ce qui compte.

La colère du docteur l'a terrifié : Will a cru qu'il m'avait tuée. Il pose ses grandes mains chaudes sur mon front, sur mes joues, délicatement, tendrement, caresse mon épaule et mon bras, et recommence.

Lorsqu'une infirmière entre, dossier à la main, socques aux pieds, il déplie sa grande carcasse pour lui demander d'une voix raffermie ce qu'on va me faire. Elle répond, fatiguée :

— C'est aux médecins qu'il faut poser la question, monsieur. Moi je ne sais pas, désolée.

— Où sont-ils ?

— En pause-déjeuner.

Will doit retourner s'occuper des enfants, pour que Betty puisse rentrer chez elle, mais il promet de revenir plus tard, se penche sur moi, m'embrasse longtemps, longtemps, jure qu'il va revenir dès qu'il pourra, et part.

Comment aurait-il pu deviner ce que les médecins avaient décidé, au-dessus de leur côte de veau-purée ? C'était pour mon bien, pour améliorer mon confort, les lits sont trop étroits, les draps trop courts, pas faits pour ce volume étrange, j'allais avoir froid : maintenant qu'ils m'avaient mise sous perfusion, il fallait nous séparer l'une de l'autre, ma chaise et moi.

Ce qu'ils n'avaient pas prévu, c'est le mélange de nos nerfs. Au premier coup de scalpel, je m'évanouis de douleur dans ma chambre. On nous transporte d'urgence au bloc où des chirurgiens tentent vainement de poursuivre l'opération de scission, mais à peine tranché, notre lien se recrée : le bois du dossier tend ses bourgeons vers la peau de mon épaule et la peau de mon épaule, elle aussi, s'étire vers le bois, à travers le tissu de ma chemise de nuit qui colle à l'un, à l'autre ou aux deux. D'elles-mêmes, à peine séparées d'un coup de lame acérée, nos deux matières se tendent immédiatement l'une vers l'autre, comme aimantées. Au bout d'une heure, les spécialistes vaincus jettent leur bistouri et ordonnent aux infirmières de panser nos plaies incompréhensibles.

Dans le monte-charge suintant de peurs et de douleurs fantômes, puis sous la ligne tortueuse des tubes fluorescents que j'entends grésiller tout au long des couloirs, j'émerge progressivement de l'anesthésie, un goût de métal dans ma bouche pâteuse. Malgré l'intensité de ma souffrance fulgurante, dès la salle de réveil, je sens le réseau de nos nerfs partagés se retisser entre la chaise et moi, sous la gaze et le sparadrap de notre nouvelle bosse, absorbant dans un même élan organique les fibres de coton et de caoutchouc superposées. Et je perçois le récit de sa lutte contre les chirurgiens, en salle d'opération, pendant ma perte de conscience. Comme si la chaise me la racontait.

Le choc passé, de retour dans notre chambre, j'attends mon heure. L'occasion de m'échapper pour rentrer chez moi, chez nous. Il faut que j'étudie la situation, que je liste les difficultés à résoudre, que je dresse une carte mentale de la chambre où on nous a déposées, ma chaise et moi, et que je mémorise les voix de mes visiteurs et leurs noms, lorsque j'en attrape, au vol. L'air de rien, il faut que j'enregistre tout ce qu'ils disent. Ils m'ont kidnappée, ils me séquestrent comme un cobaye mais je ne vais pas rester, je dois trouver le moyen de m'enfuir.

À chacune de leurs visites, ils examinent ma chaise, ils la prennent en photo ou testent sa consistance si agressivement que je voudrais crier mais quelque chose m'en empêche, qui m'obstrue la gorge. Je voudrais ouvrir les yeux aussi, pour tenter de prévenir ce que l'on va me faire, mais le temps du trajet en ambulance, mes paupières se sont refermées, à nouveau scellées par ces étranges fils qui poussent si vite et qui semblent maintenant gagner la paume de mes mains.

Pour tester mon état général, les médecins commencent par me brancher à différentes machines qui vibrent, soufflent et crépitent autour de moi dans une cacophonie insupportable. Le silence de ma cuisine me manque, et la vie et les rires de mes hommes.

De longs termes inconnus survolent mon corps couché sur tranche : désafférentation motrice supranucléaire, déconnexion cérébro-médullaire spinale, syndrome protubérantiel ventral, locked-in syndrome... Incapable de les observer à cause de mes paupières tissées, je suis sûre que ces expressions scintillent au sortir des bouches médicales, le temps de leur court vol dans l'air désinfecté, puis s'affaissent sur le linoléum en petits tas de poudre miroitante, aussitôt dispersés.

Je laisse le personnel soignant tenter de me nourrir à la cuiller ou m'abreuver avec une paille glissée entre les fils vivants qui brodent mes lèvres l'une contre l'autre, mais devant leur densité qui croît d'heure en heure, les infirmières renoncent et me posent une perfusion dans le poignet.

Elle est en observation, répètent les médecins. Gardons-la en observation. Moi aussi, je vous observe, je pense. Je vous guette, je monte la garde et à la première occasion, bye bye, je m'en vais, je prends la fuite, la poudre d'escampette, comme dirait Thomas, et mes cliques et mes claques, direction la maison. Hors de question de vous laisser me contrôler. Hors de question de rester à votre merci comme un lièvre écorché pendu par ses chaussettes aux crochets du boucher.

Lorsqu'ils réalisent combien notre être hybride absorbe la moindre matière à son contact, les médecins nous retirent toute literie, matelas compris. Nous reposons désormais directement sur le sommier de métal, comme un crabe sur un plateau de fruits de mer – glace et quartiers de citron en moins. Pour l'hygiène et la décence, mon corps et celui de la chaise sont surmontés d'un tunnel métallique sur lequel un drap est déployé à une distance sécuritaire prévenant normalement toute absorption.

L'époque à laquelle William et moi fêtions nos anniversaires de mariage à la brasserie du port me semble lointaine. Comme j'aimerais manger des huîtres, avec lui, face au large, après notre visite au bâtiment des hippopotames. Dîner avec lui derrière les vitres tachées d'embruns, à notre petite table avec sa bougie tremblante, à regarder passer les supertankers en nous caressant les mains.

10

Une nouvelle lubie surgit dans les cerveaux médicaux : la chaise se détacherait peut-être mieux de mon corps si elle séchait, et redevenait du bois. Pour encourager ce processus, ils nous tournent à plat ventre sur un nouveau lit métallique à têtière en forme d'anneau, dans le vide central duquel mon visage s'encastre, au-dessus du sol. C'est une table de massage sur laquelle je gis à genoux, la chaise sur mon dos, sans tunnel stérile désormais : comment tiendrait-il ? Ce qu'ils espèrent, c'est que mon corps s'écrase sous l'effet de son propre poids, augmenté par celui de la chaise, pour qu'un jour, mon ventre et le haut de mes cuisses s'aplatissent. Ce sera déjà une première étape, ils se congratulent autour de moi, je commencerai à reprendre forme humaine. Quant à la chaise, dans leur logique, elle se détachera de mon corps, expulsée par ma linéarité retrouvée.

Pour l'heure, mon front, mon menton et mes joues reposent sur l'anneau de la têtière. Le moindre déplacement d'air touche mon nez, ma bouche et mes yeux clos, chargé d'odeurs que j'apprends à décrypter : personnel soignant, infirmier, médecin. Si je pouvais ouvrir les yeux, je verrais le linoléum usé – de quelle couleur est-il, à cet étage ? Taché comme une plaine vue du ciel, sûrement, et traversé de temps en temps par une paire de sandales Scholl, de sabots de plastique ou de ces mocassins que j'entends couiner.

Mon cou, mes épaules et le haut de mes seins, puis mes genoux, mes mollets et le dessus de mes pieds s'écrasent contre le métal lisse de la table de massage. Entre les deux, le grand triangle de mon ventre et de mes fesses pointe en l'air, absurdement. Comment s'appelle cette posture, en yoga, déjà ? Pour qui entre dans ma chambre et m'observe de profil, mon corps dessine un A dont mes cuisses sont la première ligne montante, mon dos la seconde, descendante, ma tête, le bas du A, et mes bras, sa barre latérale. Non, ma chemise de nuit qu'ils n'ont pas pu me retirer masque cette lettre que mon corps collé à la chaise dessine malgré moi. Plantée dans mon bras droit, la perfusion qui me nourrit relie mon A au I de la potence. Ne manque que le E final, je pense, pour résumer notre douleur constante, à la chaise et à moi. Le E d'eux. Aïe.

Le métal de ce nouveau lit sent l'urine. J'ai beau tenter de m'imaginer mouette qui plane, le soir, au-dessus du port, cette odeur me cloue à la réalité. Alors j'écoute le micromonde des machines qui m'entourent, me contrôlent et me nourrissent, et je me concentre pour ressentir l'espace de ma chambre. Où se trouve la porte, dans quel sens le lit est-il tourné ? Nous donnons au nord, je pense, il fait souvent très sombre. La fréquence de la lumière au-dessus de mon lit, du lavabo et de la fenêtre me vrille les tympans. Nous sommes à l'étage, aussi, je le sens. En hauteur, oui, dans un immense bâtiment rempli de corps en souffrance. Dehors, la liberté.

La première fois que les garçons viennent me rendre visite, William les prend par la main pour les faire avancer à quatre pattes sous mon lit, à l'aplomb de mon hublot. Il leur explique calmement :

— Maman dort toujours mais elle va bien. Vous voyez ce tuyau scotché à son bras, là ? Ça lui donne à manger et à boire, et des médicaments, tout ce qu'il lui faut pour se réveiller bientôt.

Craquant des rotules, Will plie sa grande carcasse pour les rejoindre. Tous les trois se tiennent sous moi, leurs parfums aimés me bouleversent. Les enfants m'ont fait des dessins que leur père scotche par terre, pour que je les voie quand je me réveillerai.

Par le trou de ma têtière, Timothy pousse Chonchon, son vieux lapin sans oreilles, jusqu'à mon visage, comme à travers le hublot d'un navire immobile, son odeur me chavire. Thomas me raconte ce qu'ils ont fait à l'école, puis ils jouent aux cartes et la passion du jeu les fait crier, sous moi.

Chaque garçon m'embrasse par en dessous, Will aussi, dans son halo de tabac froid. Ils se relèvent, crapahutent en riant pour sortir de sous mon lit, ils s'en vont tous les trois et je me retrouve seule. La violence de leur départ m'anéantit. Tout m'échappe. Leurs voix s'éloignent dans le couloir, pour toujours peut-être, et mes larmes s'écrasent sur le papier des dessins de mes enfants, dans le ronflement des machines.

Nouvelle traversée de la nuit en solitaire. Immobile, tournée vers le sol, mon ventre et mes cuisses formant dôme ou tente au-dessus du métal du lit qui vibre de toute la chaleur de mon corps, j'écoute battre l'océan du chaos hospitalier, ses bruits, son ressac médical étrange et étranger.

Traversant les murs qui résonnent, j'entends une course dans le couloir. Des bribes de rêves à voix haute, des cris de douleur, des pleurs. Un rire et des claquements de socques succèdent au roulis des chariots, à la déchirure d'emballages de médicaments ou de pansements, sur la ligne de fond des grésillements électriques du couloir. Plus rare qu'en journée, chaque départ d'ascenseur sonne comme le coup de gong d'un temps cyclique. Alors je tends mes oreilles pour écouter le chant de la nuit, dehors, libre et sauvage, les appels suraigus des chauves-souris qui cisaillent l'obscurité, le frottement des arbres contre les murs, proches de ma fenêtre, le murmure des herbes couchées, en contrebas, ou la vibration lumineuse de la lune lorsque les nuages s'écartent : toute la vie qui court et qui gratte, avant de retourner se cacher à l'aube.

Pliée à angle droit dans mon étrange position de planeuse immobile, je ne sens plus le poids de la chaise sur mon dos. Je ne fais plus la différence entre nous deux, non plus. Je n'ai plus deux jambes humaines, nous en avons quatre, mélange de bois, d'os et de chair, qui s'élancent de mes hanches fondues dans toute l'ancienne assise de paille.

D'étonnantes sensations me traversent comme des météores : odeurs d'été, de sciure fraîche, de foin coupé, de sueur, de peau bronzée. Kilomètres de champs moissonnés parsemés de bottes rondes enspiralées. Hangars remplis de planches jusqu'à leur toit de tôle ondulée. Chant des scies circulaires et neige gourmande qui en jaillit. Ombre et résine des forêts. Plantations d'arbres à perte de vue, hypnotisantes de régularité.

Le jour revient dans le fracas des plateaux-repas et les litanies de jargon médical déclinées de chambre en chambre, en flot continu. Les médecins trouvent notre corps double de plus en plus amalgamé. La partie chaise ne sèche pas, au contraire. Ce qui fut du bois n'en finit pas de s'attendrir, de tiédir et de rosir au point qu'un jour, l'un des docteurs murmure, comme s'il ne parvenait pas à y croire lui-même :

— On dirait de la peau humaine autour de nouveaux membres étranges… mais c'est impossible.

Puisque je ne peux pas me voir, j'écoute leurs observations parcellaires pour reconstituer notre aspect extérieur. Depuis notre entrée à l'hôpital, la chair de mes mollets s'est ouverte pour absorber le bois des pieds avant de la chaise, puis refermée. Les pieds arrière ont molli et pris la même teinte que ma peau, soutenus par les barreaux repose-pied devenus de chair, eux aussi. Sous toute la surface de mes hanches et de mes fesses désormais carrées, la paille reverdie bourgeonne et pousse comme une toison intime élargie. Dans mon dos, impossible de distinguer ce qui était ma peau, le tissu de ma chemise de nuit et le bois du dossier : c'est une grande surface douce, un peu plus rose que le reste de mon corps, unie et fermement structurée par les anciens montants du dossier parallèles à ma colonne vertébrale, de part et d'autre. Quant à ma chemise de nuit qui tombe de notre dos, des deux côtés de notre corps, elle a tiédi, elle aussi, souple et translucide comme deux vastes paupières.

Impossible, affirment-ils tous, butés. Des langues étrangères surgissent dans notre chambre et se multiplient au-dessus de notre corps monstrueux auquel aucun médecin ou scientifique ne trouve d'explication plausible.

William fait face à la situation mais au fil des jours, je perçois sa tension croissante. Sa voix durcit, ses yeux se creusent sûrement aussi. Il me caresse toujours le front et les bras en me racontant les dernières blagues des enfants mais je le sens de plus en plus fatigué, perdu. À chacune de ses visites, je lui envoie des messages en transmission de pensée. Je me demande s'il les reçoit. Et, s'il les perçoit, s'il y croit. Nous aurions dû parler de tout cela, avant. Décider d'un code pour continuer de garder le contact, quoi qu'il nous arrive.

Le jour où leur grand-mère est morte, j'ai promis à mes fils en pleurs que je trouverais un moyen de continuer à communiquer avec eux, quand je mourrais. Je me demande maintenant si j'ai eu raison. Cela ne les poussera-t-il pas à interpréter n'importe quel hasard comme un signe venant de ma part ? Mais comment rassurer un enfant devant l'éventualité de la mort de ses parents ? Il ne se passe pas une heure sans que je pense à Thomas, Timothy et William. Cette expression n'a plus de sens pour moi, je réalise. Je ne sais plus ce qu'est une heure. Mais je pense à eux constamment.

Régulièrement, des mains fermes s'emparent de mes membres transformés qu'elles font lentement bouger, l'un après l'autre, elles appellent cela *mobiliser*, pour éviter l'atrophie, m'expliquent-elles. Mobilisation générale, je pense. S'ils continuent de me parler, c'est qu'ils n'ont pas perdu tout espoir à mon sujet. Cela ressemble aux massages de Betty, en plus global. Centimètre après centimètre, ces mains inconnues, qui me rappellent celles de ma sœur, manipulent mon corps qui n'en a plus ni l'autonomie ni la volonté. C'est le beau temps qui m'est le plus bénéfique. Dès que le soleil entre par la fenêtre, je me sens revigorée. On roule mon lit sous ma fenêtre, on me laisse chauffer, je revis.

Je sens aussi mes ongles pousser, silencieux et bombés, hors de la gangue de peau du bout de mes doigts. Bientôt, je ressemblerai à cette coureuse olympique aux mains de fleurs torsadées, comment s'appelait-elle ? Ou à la vieille femme folle qui courait pieds nus et genoux pliés dans les rues de mon enfance. Certains disaient qu'on l'avait vue, un couteau à la main, un énorme couteau, un hachoir, poursuivre son mari, le petit homme rabougri qui habitait derrière leur porte cochère complètement rongée du bas. Si je refuse de me plier à la volonté du monde, le monde finira-t-il par se plier à la mienne ? Si je continue à ne pas ouvrir les yeux sur le monde extérieur, verrai-je s'ouvrir un monde intérieur inconnu et secret ?

La posture du chien tête en bas, Florence Griffith-Joyner. Les réponses à mes propres questions me traversent longtemps après que je me les suis posées, vives comme des poissons, dans l'eau verte du chenal : je les regarde passer, je les comprends, je les reconnais mais elles suivent une trajectoire indépendante de ma, de notre volonté.

11

Je suis le soleil de ma propre galaxie : le monde tourne autour de moi. Les médecins, les infirmières, le personnel soignant, William, mes enfants, tous et toutes passent à ma portée puis s'éloignent dans une orbite régulière et inaltérable, me laissant seule avec les machines, jusqu'à la prochaine fois.

À chacun de leurs passages, les paroles s'évaporent, les émotions aussi et une immense tristesse s'en dégage. Chacune de leurs orbites est plus tiède, plus silencieuse, plus rapide que la précédente. Le temps passe sur moi comme les sillons d'un disque sous le diamant d'un électrophone, je décrypte sa structure, les schémas de ma vie, de nos vies qui s'y inscrivent, mathématiques.

En pleine nuit, quelqu'un crie dans la chambre voisine. C'est une vieille personne qui parle d'une voix forte. Une infirmière accourt et chuchote. J'écoute, intriguée.

— Nous sommes vos poumons ! crie la voix rauque.

Dans son talkie-walkie, l'infirmière appelle du renfort. La vieille voix s'emballe :

— Pourquoi dit-on mon jardin secret, une belle plante, le fruit de mes entrailles ?

Galopade de socques dans le couloir. La voix demande encore qui compte les arbres dans les forêts, qui vérifie qu'ils ne changent pas de place quand personne ne les regarde. Puis la drogue fait son effet, les infirmières s'éloignent en chuchotant et la nuit replonge dans la rumeur hospitalière. Le lendemain matin, j'ai envie de demander des nouvelles de cette voix aux histoires étranges, j'écoute si le personnel soignant en parle, ou de la nuit dernière, mais pas une allusion.

Pour déterminer la résistance de cette colle de chair et de cellulose qui nous relie, ma chaise et moi, les médecins nous piquent avec des tiges affreusement longues qu'ils enfoncent à travers nous comme dans la nuque de toros de corridas, jusqu'à ce qu'elles cognent le métal du lit. Ma chaise se tord intérieurement et je hurle en silence tandis qu'ils se demandent, stylo en l'air, dictaphones allumés, si cela peut être sensible. Comment savoir, dans mon état ? Ils ont cru voir une courbe bouger. Vérifient les enregistrements. Font d'autres essais insoutenables dont ils discutent les résultats pendant que la chaise et moi, nous tentons de respirer à nouveau, tremblantes, choquées.

On nous emporte sur notre lit à têtière-hublot dans les couloirs de l'hôpital. Ma chaise et moi, nous traversons des rangées d'angoisse humaine tassée sur des sièges-coques qui me rappellent d'anciennes heures de fleurs fanées, Kleenex froissés, portables sans réseau dans des mains moites. Quelqu'un pousse une porte et je sens une grande fraîcheur. Oui, de l'eau clapote dans un bassin dont j'entends la mosaïque tintinnabuler.

Nous soulevant en chœur, les infirmiers nous déposent à plat ventre sur un plan incliné qu'ils font lentement descendre dans la piscine, ma tête hors de l'eau mais tout le reste de notre corps délicieusement abreuvé. Ils m'observent en chuchotant. Je revis. La chaise aussi. Nous avons dû être des poissons dans une autre vie.

Des cris d'excitation brisent notre sérénité. Infirmiers et médecins parlent de niveaux, mesurent des hauteurs, filment, photographient et calculent des volumes dans un brouhaha subit : le niveau d'eau de la piscine baisse, notre corps semble être en train de l'absorber.

Venu sans les garçons, Will se penche contre mon oreille et me murmure qu'il n'en peut plus. Qu'il faut que je fasse quelque chose. Que je parle, que je bouge, Rose, que je batte des paupières, peu importe mais que je lui montre que je suis vivante. Parfois, il a l'impression que je lui parle dans sa tête mais la télépathie, ça n'existe pas, et il en a marre, tellement marre que je ne sois plus là. Enfin, si. Mais sous quelle forme. Parfois, il se dit que ce serait plus simple si j'étais morte. Au moins, il saurait que c'est fini, il pourrait…

Il se reprend. Il ne voulait pas dire ça. Mais on aurait dû y penser, avant. Décider d'un code, pour rester en contact, quoi qu'il se passe, au cas où…

Sa voix tremble. Comment lui répondre, comment lui prouver que je suis vivante ? Vite, je fais le tour de la chambre mentalement. C'est le matin, les fenêtres doivent être embuées. Je me concentre pour écrire mentalement sur une vitre : *je t'aim…* mais William se lève avant que j'aie terminé, soupire, quitte la chambre et toute mon énergie retombe.

On nous plonge dans un autre bassin rempli d'une gelée qui sent le melon. Notre corps difforme bardé d'électrodes s'enfonce jusqu'à mi-hauteur dans la matière tremblotante qui nous soutient comme un délicieux coussin frais. J'entends un médecin abaisser une manette dans un claquement sec et l'électricité nous traverse tandis que la gelée doit s'éclairer, vert cru ou jaune ?, et nous avons envie de chanter.

On nous prive d'eau et de lumière pendant une durée impossible à déterminer tant nous souffrons immédiatement, la chaise et moi. Nous mourons à petit feu. Notre corps et notre cerveau dépérissent au même rythme tant ils sont couplés. Nous gémissons toutes les deux sur la même lugubre note blanche. Pelées à vif, sadiquement asphyxiées.

On nous immerge dans différents bassins remplis de liquides variés dont médecins et scientifiques extérieurs mesurent, photographient et filment notre vitesse d'absorption.

Ils réitèrent l'expérience dans une pièce aveugle, sous un immense scialytique, sous des lumières de couleurs différentes, à haute ou basse température. On nous enduit de matières étranges charriées par brouettes entières. Parfois, j'y reconnais des odeurs de jardin ou de bord de mer. D'autres fois, on nous tartine de mélanges pâteux, à la truelle. Souvent, nous nous sentons mieux après.

12

Une nouvelle expérience a lieu tôt, avant les visites. Notre chambre se remplit d'une foule de socques et de blouses fébriles. On défait la perfusion à mon bras, on glisse une sangle entre notre corps et le lit, sous notre poitrine, et une autre à hauteur de nos hanches. Ces sangles sont reliées à une sorte de treuil que j'entends ronronner tandis qu'on abaisse le pied de notre lit, lentement, réajustant la tension des sangles. Le lit bascule jusqu'au bout et nos quatre pieds touchent le sol : nos pieds arrière d'abord, puis nos pieds avant.

Les infirmiers poussent le lit sur le côté, nous sommes debout sur nos quatre jambes, légèrement penchées en avant, maintenues sous les bras et autour des hanches par les deux sangles, comme une centaure volante au torse et à la tête dans le prolongement de ses pattes arrière. Du fait de ma position assise contre la chaise, nous sommes plus petites que toutes les personnes qui nous entourent, et je sens leur suspens stupéfié au-dessus de ma tête mais je suis vivante, nous existons, notre métamorphose est viable et sert à quelque chose, vous voyez ?

Femme-chaise, il nous faut rester debout sans basculer. Quatre pieds sont plus stables que deux, mais nos jambes arrière sont frêles comme celles d'un poulain et nos jambes avant composites, tout aussi inexpérimentées. Je me concentre, la chaise aussi, c'est épuisant, mais petit à petit, ensemble, nous y arrivons. Les médecins ôtent une sangle, la seconde, et finalement, nous tenons debout. De nous-mêmes. Sans aide extérieure. Sur nos quatre pieds.

Stupeur, cris, déclics d'appareils photo, choc sourd d'un évanouissement au sol. À bout de forces, nous nous écroulons nous aussi sur le linoléum et les médecins nous recouchent à plat ventre sur notre lit de métal à tête trouée.

La distance entre Will et moi ne cesse de croître. Il soupire chaque fois qu'il me regarde. Une nuit, je rassemble toute mon énergie et je sors de mon corps, en pensée. Je fore mentalement le linoléum de ma chambre, verticalement, et le béton armé, pour tomber devant l'accueil, un étage plus bas. Tout est propre, neuf et impersonnel. Des chaises en plastique blanc, des tables en plastique blanc, des plantes en plastique vert et, au fond de ce hall immaculé, un petit aquarium humain puant le tabac froid à disposition des accompagnants qui ont besoin de fumer. Cet hôpital n'a rien à voir avec celui de mes rêves. D'ailleurs, derrière les parois de verre du hall, c'est la ville qui s'étend, des quatre côtés, pas la forêt, avec la mer sombre et salée qui bat au loin. La petite ville où j'habite, Birnam, son ciel orange industriel, son tapis noir pointillé de lampadaires et son usine à cheminée.

Lorsque William revient avec les garçons, je suis prête. Tom et Tim jouent à mi-voix par terre et leur père lit le journal. Je ne suis plus qu'une chose pour eux. Un devoir de visite, triste et ennuyeux. Rose, chaise, chose. Seul Will qui soulève régulièrement le drap sait à quoi mon corps ressemble – ce qui ne doit pas nous rapprocher : depuis quelques jours, je bourgeonne, il paraît.

Si je pouvais marcher à nouveau, même maladroitement, je jouerais avec les enfants. Impressionnés, ils réclameraient mon imitation de Robocop. Ou je pourrais leur faire la femme araignée. Mais depuis mon unique tentative brièvement réussie, personne n'a plus parlé de me lever et nous n'y parvenons pas encore toutes seules, la chaise et moi.

Je commence en douceur. J'entre mentalement dans la playlist du téléphone de Will et je lance « The Dock of the Bay », d'Otis Redding, ma chanson préférée. Les garçons lâchent leurs Lego, William pose son journal, sort son portable de sa poche et demande, étonné :

— Qui a mis cette musique ?

— Pas nous, papa.

Ce doit être un faux contact. William coupe la chanson et reprend son journal.

Je recommence. Je sens qu'ils se regardent tous les trois et leurs questions muettes se télescopent dans l'air.

— Eh, c'est la chanson de maman ? dit Tim.

C'est le moment. Lentement, je fais palpiter les trois tubes fluorescents de ma chambre au rythme de la musique. Ensuite, je coupe ceux au-dessus de mon lit et du lavabo, ne laissant que celui de la fenêtre blanchir la buée de la vitre sur laquelle j'écris, de toute la force de ma pensée, aussi précise qu'un index : *je vous aime*. Les enfants le voient, bondissent vers la vitre. Je signe encore *maman* et je m'évanouis d'épuisement.

Will est métamorphosé. Depuis mon message, il ne lâche plus les équipes médicales, leur jurant que je vis, que je pense, que je suis vivante et qu'il faut d'urgence trouver un moyen de me soigner. Il passe tout son temps libre à tenter d'entrer en communication avec moi, me touche, se colle à mes côtés, pianote sur mon bras selon différents codes et cherche la musique qui pourrait me réveiller. Il a même interdit aux infirmières d'essuyer la buée sur mes vitres, mais cela ne sert plus à grand-chose. Est-ce le dernier effort qui m'a épuisée, ou bien la fatigue de ma fusion avec la chaise, ou la gravité de cette maladie inconnue que j'ai attrapée ? Mes forces – nos forces conjuguées, les miennes et celles de la chaise – déclinent sans que je sache comment les en empêcher.

Nouvelle nuit d'hôpital. Chuintement de sabots en plastique dans le couloir. Roulis des chariots de soins. Soufflеries, cris, bribes de conversations, bulles d'air du radiateur, symphonie cliquetante de mes machines-sœurs. Leur chœur mécanique me berce, fragile rempart contre les raz-de-marée d'angoisse qui me submergent. Combien de temps vais-je vivre encore dans cet état ? Quelle sera la prochaine étape ? À quoi finirons-nous par ressembler, la chaise et moi ?

Mon énergie me quitte. En témoigne le rythme ralenti des machines autour de moi, qui semblent fatiguer, elles aussi. De temps en temps, des flashes m'aspergent de leur pluie métallique. Pourquoi me photographier encore ? Quelle est mon apparence actuelle ? Douleur intense : que cisaillent-ils sous mes pieds, chaque matin ? Commencent-ils à me trancher en rondelles pour me disséquer vivante ?

D'après ce qu'ils en disent, mon corps de femme-chaise n'a pas changé de forme. Il s'est juste assoupli, arrondi, mais surtout j'ai verdi, séché, ridé sur toute la surface de mon corps, dans le sens de la longueur. Est-ce l'espace confiné qui me fait vieillir en accéléré ? L'absence de lumière solaire directe ou d'air pur ? Lorsque Will vient me rendre visite, je le bombarde d'images mentales de jardin. De sensations ensoleillées. D'odeurs de forêt, de vent marin, de pluie, de plage, de prés. Sortir, une dernière fois, avant de mourir, s'il te plaît !

Dès qu'un médecin, une aide-soignante ou une infirmière entre dans ma chambre, William lui explique que c'est toujours moi qui vis et qui pense à l'intérieur de ce corps en train de se métamorphoser, puisque je leur ai écrit ce message sur la fenêtre. Les équipes médicales le prennent pour un illuminé, un désespéré ou les deux. Will s'énerve : nous devons juste trouver de nouvelles façons de communiquer, eux et moi. L'hôpital est d'accord, en théorie, mais personne n'a le temps de se pencher sur ma maladie en exclusivité.

Il est décidé : ces médecins sont incapables de me soigner. Depuis mon arrivée, finalement, je n'ai fait que dépérir sans qu'aucun médecin trouve pourquoi. Alors William va me ramener chez nous et personne ne pourra l'en empêcher. Il signe tous les papiers, fait rassembler mes affaires et clôt mon dossier. Il est venu nous sauver. Mon chevalier. Notre cœur tambourine de joie désordonnée.

13

Dans l'ambulance qui roule vers la maison, William parle sans s'arrêter, la main sur mon épaule crevassée. Parce que cela n'entre pas dans leur logique, leurs schémas mentaux ou leur connaissance du corps humain, les médecins ne veulent pas croire ce qu'ils voient. Tandis que ma famille et mes amis ont accepté ce que Lucy leur explique depuis des mois : je suis devenue une plante, mais ce n'est pas grave, je suis toujours moi, en version végétale.

Il m'avoue que j'ai beaucoup changé. Je suis verte, de la tête aux pieds. Des rides profondes creusent ma peau, dans le même sens, comme les stries d'un tronc. Les poils qu'on me rasait sous la plante des pieds, les fesses ou au bout des doigts ressemblent à de vraies racines. Mes cheveux s'amalgament en lianes indémêlables. Et mon dos, mes bras ou mes jambes bourgeonnent : les infirmières ont eu beau couper à ras ce qu'elles disent être de simples boutons d'irritation, William y a vu les minuscules feuilles enroulées en leur cœur, prêtes à se déployer.

Je ne peux plus ouvrir les yeux sous la peau d'écorce souple qui recouvre entièrement mon visage, mais sa sensibilité me permet de percevoir tout déplacement à proximité. Je ne peux plus parler non plus parce que mes cordes vocales sont en train de se végétaliser, Will les a observées sur un cliché radiologique, mais mon esprit continue de réfléchir, de ressentir, de façon peut-être même encore plus sensible qu'auparavant.

Assis à l'arrière de l'ambulance qui fait le chemin à l'envers, sans sirène cette fois, penché sur mon corps difforme couché sur le dos, William caresse ma peau dans un bruit de papier tandis que mon espoir renaît : je vais retrouver mon chez-moi, mes enfants, ma famille, mes amis, mes repères et ma vie calme. Tout va pouvoir recommencer. Autrement, bien sûr, mais j'ai confiance, nous pouvons y arriver.

Je suis à la maison. Est-ce encore ma maison ? Combien de temps s'est écoulé depuis ce dimanche où le docteur Smith m'en a arrachée, ruinant mon retour à la normale, à quelques minutes près ? Je retrouve ses odeurs familières, ou presque. Tout me semble légèrement différent. Est-ce mon odorat qui a changé, ou leur vie menée sans moi qui sent autrement ? Le quotidien s'est subtilement décalé.

William et les garçons ont pris de nouvelles habitudes communes qui me surprennent mais qui valent sûrement nos anciennes. Le soir, au dessert, ils se racontent ce qui les a surpris ou touchés dans leur journée. Quand Will appelle à table en tapant sur une casserole, celui qui s'assied le dernier doit raconter une blague, et débarrasser à la fin du repas. Lorsqu'ils reviennent de l'école, avant de faire leurs devoirs, les garçons et leur père se serrent d'abord dans les bras, tous les trois, en criant le plus fort qu'ils peuvent. J'admire l'inventivité de William, son écoute de papa, l'équilibre qu'il a su réinventer à trois, pendant mon absence.

Pour me rendre ma place dans notre famille, il m'inclut dans chaque moment de la journée. Joe soude un nouveau support roulant sur mesure qui se glisse entre nos quatre jambes pour nous soutenir en position verticale, comme avant, et qui se pousse d'une seule main. J'ai profondément changé, intérieurement comme extérieurement, mais je peux reprendre une place presque normale de femme assise, en famille. Enfin, de femme-chaise : la chaise fait partie de moi maintenant, et moi, d'elle.

William nous installe à table pour les repas, puis nous roule à côté du canapé pour que nous regardions la télé en famille. Une fois les enfants couchés, l'histoire lue, la chanson chantée, les baisers donnés, il revient jouer du piano dans le salon calme et je l'écoute avec émotion. Lorsqu'il a sommeil, il nous soulève du support pour nous coucher avec lui dans notre lit, où il se plaque parfois contre moi pour s'endormir, mais il recule ses jambes au contact des quatre nôtres. Même s'il ne me touche plus, son ronflement proche me rassure et me berce. Comment vit-il sa solitude physique ? Je ne peux pas le lui demander. Nos étreintes, nos nuits de plaisir et de sueur, nos odeurs mêlées, essoufflées, peau contre peau, ravies, me semblent appartenir à une autre vie. Je me rappelle leur joie sauvage unique qui me manque, à moi aussi. Mais ce qui excite le plus mon nouveau corps, aujourd'hui, c'est la lumière ou l'eau.

Pour nous promener, Will a trouvé une plateforme de vélo cargo pour enfants, sur laquelle il pousse notre corps difforme, bien calé sur son support, et recouvert du plaid écossais. À part mon visage vert et profondément ridé, j'ai l'air d'une femme normale, je crois, assise sur un siège invisible. Les gens que nous croisons pensent peut-être que je porte un masque de sorcière ou d'Halloween. Sans doute qu'ils ne nous accordent plus qu'un regard distrait.

Le matin, William nous habille de grands châles et de jupes qu'il a transformées pour les passer autour de mes mains définitivement collées à mes cuisses. Plus de dessous, mon corps s'est trop modifié – mais personne ne le sait. Lorsqu'il fait frais, il enfile des chaussettes de laine sur nos quatre pieds, même si nos deux pieds arrière ne remplissent pas leur forme coudée. Pour le soir, il a modifié les coutures latérales de mes chemises de nuit qu'il nous passe par la tête en chasuble et dont il pressionne ensuite les pans.

Et surtout, il m'arrose, il nous arrose régulièrement. Ce sont nos meilleurs moments partagés. Tous les matins, tous les soirs, il nous roule dans la douche et nous asperge, la chaise et moi, sous le jet frais si bienfaisant. Immédiatement, je me redresse, nous nous redressons. Notre peau gonfle, je le sens, et prend une teinte plus vive, plus lumineuse, j'imagine. Les jours de grosse chaleur, les enfants aussi viennent m'abreuver, en complément, avec leur petit arrosoir en plastique, dès qu'ils me voient pencher, ils mesurent le bien qu'ils me font aux vibrations de bonheur que j'émets dans leur direction et rient. Puis ils s'arrosent l'un l'autre, glissent sur le plancher mouillé, tombent, pleurent et j'écoute Will les consoler.

14

L'été arrive. Nous faisons de longues promenades sur la digue, avec les nuées de mouettes déchaînées. Nous passons des heures sur la plage. William descend la pente de béton et cale précautionneusement notre plateforme avant d'emmener les garçons se baigner dans l'eau glacée dont j'entends les vagues rouler, toutes proches. Puis il frictionne leur peau rose vif avec du sable et les aide à se rhabiller. Immobile, j'écoute la plage crisser sous leurs pieds. Leurs hurlements sauvages se répercutent sur les façades du port. L'air sent les frites, la crème solaire, la levure, le gasoil ou la vase. William dévisse la Thermos et sert du thé au lait bouillant à Tom et Tim, qui repartent construire un château à grands coups de râteau et de pelle qui résonnent sur leurs seaux lorsqu'ils démoulent leurs pâtés. J'écoute leurs galopades vers les camionnettes au moment du déjeuner. J'écoute leurs mains qui creusent le sable glacé, le ressac qui brasse la caillasse dans l'écume, le vent qui tourne les pages des magazines, le ronflement des supertankers au large et le brouhaha des adultes recroquevillés sur leurs pliants calés par des galets.

Je rêve que Will me soulève dans ses bras pour m'emmener me baigner avec lui. Plus il avancerait dans la mer, plus nous lui semblerions faciles à porter. S'il nous lâchait pour faire quelques brasses, nos quatre pieds trouveraient bien une façon de s'agiter pour maintenir mon visage à la surface, comme une pieuvre, comme une étoile de mer et nous nagerions, légères. J'aimerais tellement retrouver cette liberté, ballottée par les vagues froides. Mais Will craint l'effet du sel sur mon organisme : il a lu que les plantes qui résistent à la salinité sont minuscules et il refuse de me voir, en plus, rapetisser.

Plus notre peau s'épaissit et devient écorce, plus nous tenons à la verticale, la chaise et moi, comme au début, sans besoin du support bricolé par Joe, et plus William autorise les garçons à nous escalader. Maintenant, Tim et Tom grimpent sur mes genoux pour faire leurs devoirs ou lire un livre, comme dans un fauteuil qui aurait vaguement la forme de mes épaules, mon port de tête ou mon visage. Ils jouent avec leurs animaux entre nos quatre pieds qui font cabane, me colorient un bras de mille petits motifs ou jettent leur casquette sur ma tête en passant, comme sur un portemanteau. Timothy s'endort parfois, allongé de tout son long sur mes genoux, Chonchon dans les bras, tandis que Thomas lui raconte une histoire, adossé à l'un de nos quatre tibias.

Mais je dépéris toujours, même si c'est plus lentement qu'à l'hôpital, et William ne sait plus quoi faire. Il a tout essayé : massages à l'engrais, ampoules de lumière solaire, taille régulière de mes cheveux-lianes, de mes bourgeons, chants d'oiseaux enregistrés, vrai merle en cage, promenades extérieures de plus en plus longues… rien n'y fait. Je n'ai aucune solution à lui proposer, mentalement. Je me sens juste très fatiguée. Vidée de toute énergie. Peut-être est-ce la fin, tout simplement.

Nous sommes au parc, tous les deux, en pleine journée, dans la dernière allée. Des coups de pelle résonnent, irréguliers mais décidés. Quelqu'un creuse derrière les arbres, caché. William jette sa cigarette dans le gravier, pose sa main sur mon bras et se lève pour aller voir. Trop faible pour envoyer mon esprit l'accompagner, j'attends, profitant du soleil ténu qui tombe de la cime des arbres. J'aimerais qu'il pleuve. Ou un jour de brouillard bien humide. Je me sens sèche, creuse et vide.

William revient à pas lents tandis que les coups de pelle reprennent. Sa tristesse palpable me noue le cœur. Comment le consoler ? Il se laisse tomber sur le banc. Allume une cigarette. La fume entièrement. Soupire et me raconte.

C'est une femme, avec une pelle, et dans un sac de sport, allongé, le chien de la famille qui vient de mourir. Un chien qui vit huit ans avec vous, qui partage vos nuits et vos jours, qui dort dans le lit des enfants et qui vous écoute, quand vous épluchez les carottes, est-ce que ça n'a pas le droit à une vraie sépulture ? Elle refuse de le faire incinérer par les services municipaux, elle dira qu'il s'est échappé. Là, elle l'enterre dans le parc, en secret, à un endroit où toute sa famille pourra venir le voir et lui parler.

Enterrer. En-terre. Dans la terre. C'est la seule chose à faire, je réalise. La seule, je répète à William, de toutes les forces qu'il me reste. Une plante ne peut vivre que plantée en pleine terre. Voilà pourquoi je me sens mourir. Nous n'avons pas de jardin, il faut qu'il trouve un endroit où me planter, lui aussi, assez proche pour pouvoir venir me voir, mais loin des regards puisque moi, le haut de mon corps sera à l'air libre, contrairement au chien mort. Un endroit sûr, où je pourrai rester toute ma vie. Qui sait combien de temps je vivrai sous cette forme-là, est-ce qu'on n'évoque pas des arbres centenaires ? Un endroit idéal, végétalement parlant : ensoleillé, humide, protégé du vent.

L'esprit de Will résiste à ce que je tente de lui transmettre. Il se lève, frissonnant, épaules crispées, sombre, prêt à rentrer. Je le comprends. Il a atteint la limite de son adaptabilité. Enterrer quelqu'un, pour l'esprit humain, c'est enterrer un mort, ça ne peut ni redonner vie, ni aider à ressusciter.

J'ai confiance, j'attends le dîner. Au dessert, lorsque le tour de William arrive de raconter ce qui l'a touché dans la journée, il commence à décrire aux garçons cette scène qu'il a vue au parc. Moi, je souffle tout mon amour maternel dans l'esprit de nos garçons et j'attends. Timothy éclate en sanglots et court se pelotonner sur mes genoux fibreux en criant :

— T'es pas morte maman, pas comme le chien ?

Comme chaque fois, William leur fait écouter les battements de mon cœur, à tous les deux, pour leur prouver que je vis. Thomas demande le poids du chien pour calculer en combien de temps les vers de terre vont manger son corps, et en faire des fleurs.

— Dommage que le chien, c'était pas une graine, réfléchit Timothy, à voix haute. Au printemps, t'imagines, il ferait pousser plein de petits chiens. Un arbre à chiens, ça ferait : un chientier.

Son frère rit, mime une cueillette de chiots puis s'interrompt en s'exclamant :

— Mais papa, si maman, elle est devenue une plante, c'est ça qu'il faut faire, pour la soigner : faut la planter dans la terre ?

Je savais qu'ils me comprendraient, ensemble. Dans la chaleur de leurs rires, devant l'évidence de leur raisonnement, l'esprit de William entend ce que je tentais de lui dire dans le parc.

Will passe des jours à éprouver la pertinence de ce projet, à en accepter l'énormité – mais c'est si logique. Je l'entends se parler à lui-même, puisque je ne peux plus lui répondre. Et je tente de lui envoyer des impulsions chaque fois que je suis d'accord avec ce qu'il imagine. Puis il réfléchit à l'endroit idéal. Les bacs de briques fleuris, dans la rue, sont bien trop visibles, et le parc, trop urbain, trop fréquenté. J'adore la plage, mais biologiquement, il n'y a aucun intérêt à me planter dans le sable. Où, alors ?

Will en discute avec Betty, Joe et Lucy, dans la cuisine, à voix basse, à côté de moi qui les écoute sans pouvoir participer, tandis que notre brochette d'enfants hypnotisés par un dessin animé mange des glaces sur le canapé. Mon mari, ma sœur et mes amis passent plusieurs soirées à boire des bières, à consulter des cartes de la ville, des guides d'horticulture et à parler, parler, parler dans mon seul intérêt : où me planter en pleine terre, pour me sauver ?

C'est Betty qui trouve : derrière l'un des immeubles de bureaux où elle travaille, au centre-ville, elle a découvert une friche couverte d'arbres où personne ne va jamais, mais dont elle connaît un sentier d'accès, le long des bâtiments. Au bout, c'est comme une jungle privée où elle prend parfois son petit-déjeuner d'après ménage, seule et en paix. Ces bureaux sont desservis par un arrêt de bus : toutes les personnes qui m'aiment pourraient venir me visiter en secret, quand ils et elles le voudraient.

Mais comment justifier ma disparition auprès des voisins, du docteur Smith, de l'hôpital, s'ils appellent ? Lucy trouve le nom d'une institution à l'étranger chez qui William prétendra qu'il m'a fait hospitaliser : personne ne s'embêtera à vérifier ce que je deviens, dans une autre langue. Quant aux enfants, les nôtres et les leurs, il faudra juste leur faire promettre de garder le secret, comme un jeu. Au pire, s'ils en parlent, qui les croira ?

Tout le monde se donne rendez-vous à l'arrêt de bus pour le dimanche matin suivant, quand les bureaux seront déserts. Une fois qu'ils m'auront plantée, on pique-niquera autour de moi, on mettra de la musique et on dansera. Ce sera un jour de fête.

Une fois la décision prise, gorge nouée, Will explique ce projet aux garçons. L'imaginaire féerique de Thomas valide immédiatement ce nouveau développement si logique qu'il avait lui-même lancé, ravi que les adultes soient d'accord, pour une fois. Il est joyeusement suivi par son petit frère, qui demande s'il pourra se déguiser. Bien sûr, répond leur père, désarmé par la simplicité avec laquelle nos fils prennent la nouvelle. Moi, désormais, je n'ai plus qu'une hâte : tenir jusqu'à dimanche et me faire planter là-bas, dans de la bonne terre, pour ne pas mourir, s'il en est encore temps.

C'est la veille du grand jour. William prépare le déjeuner du lendemain et couche les garçons surexcités. Je l'entends leur lire une longue histoire, j'écoute leurs trois voix que j'aime et qui chantent ensemble, Will éteint leurs lumières, les embrasse dans le noir et sort en fermant la porte de leur chambre. Il revient dans la cuisine, tire une chaise face à moi, s'assoit, pose ses grandes mains chaudes sur mon visage vert, rêche et strié, reste un moment sans rien dire, à me regarder, et murmure :

— C'est vraiment ça que tu veux, Rose ? Qu'on te plante dans la terre, moi et les garçons ? Que je te plante, moi ?

En l'écoutant, je réalise avec étonnement tous les sens négatifs du mot *planter* dans notre langue : se planter, planter quelqu'un – l'origine de *poser un lapin* n'est pas plus compréhensible. Je cherche d'autres images positives à partager avec Will : semer est plus positif, ou enraciner, ou dépoter, tiens : dépoter et rempoter, William ? Non, je ne suis pas en pot, non plus. Pas de pot. Ah : boiser. Il y a des parfums boisés, le premier que tu m'as offert, qui sentait l'ambre aussi. Ou cultiver, se cultiver ?

William rapproche sa chaise de nous, à nous toucher. Il ouvre ses longues jambes, les passe autour de mes genoux et nous enserre tendrement de ses cuisses. De ses bras, il fait de même, et vient poser sa tête dans le creux de mon épaule. Il embrasse ma peau devenue écorce, plusieurs fois, presque sans bouger, en chuchotant :

— Rose, oh Rose…

Je me demande quelle odeur j'ai maintenant, pour lui, si magnifiquement proche. La sienne n'a pas changé, elle me bouleverse toujours autant.

15

C'est dimanche matin, les enfants l'ont crié dès leur réveil. Tout le monde a pris le bus, en deux véhicules successifs pour ne pas attirer l'attention. Chaque groupe a suivi le sentier presque invisible le long des bâtiments déserts, guidé par Betty qui faisait la navette, puis a traversé la haie qui sert de passage secret vers cette friche qui semble vaste, à en juger par l'odeur, les sons et les exclamations des enfants qui la comparent à la jungle de Tarzan.

Will, Tom et Tim, Lucy, Joe et leur smala, Betty, tous mes proches sont là, mais c'est à William et aux garçons seuls que revient le choix de l'emplacement pour moi, au cœur de cet endroit invisible depuis les fenêtres des bureaux, protégé par la densité de sa végétation hirsute. Main dans la main, nos deux fils font le tour du terrain vague, de ses collines, de ses buissons et de ses arbres. Leurs bottes en caoutchouc soulèvent les feuilles mortes qui chuchotent. Leur père les suit, les autres regardent. Les garçons s'arrêtent au même endroit et Will acquiesce. Ce sera là ! Tout le monde applaudit et se serre dans les bras tandis que Lucy murmure à mon oreille :

— Tu verrais les arbres, Rose, roux comme tes cheveux, c'est hyper beau !

C'est donc l'automne. J'avais perdu le fil des saisons.

Saisissant leurs pelles de toutes tailles, celles et ceux que j'aime creusent un grand trou à l'emplacement choisi par Will, Tim et Tom et l'air sent soudain les feuilles retournées, le bois humide, les champignons. Le sol semble meuble, j'écoute les outils plonger en chuintant au milieu des cailloux qui résonnent contre le métal ou le plastique.

Au bout d'un moment, les enfants se lancent des boules de terre, les adultes s'en mêlent, tout le monde rit et la bataille générale fait une trêve pour boire du thé sous la pluie fine qui nous trempe. Les enfants sont déguisés sous leurs cirés qui couinent, l'odeur de la terre fraîche monte, je tremble d'excitation, la chaise aussi.

Le trou fait la bonne dimension, ma famille et mes amis forment un cercle tout autour. Joe, Will et Betty nous soulèvent et nous plantent bien droites, la chaise et moi, solidement appuyées sur nos quatre jambes qui nous supportent, maintenant. Pour l'occasion, je suis vêtue de ma plus belle chemise de nuit à pressions, au cas où quelqu'un tomberait tout de même sur moi, par hasard, et de tous mes colliers, pour la fête. Reprenant leurs pelles, enfants et adultes rabattent la terre dans notre dos, sur nos jambes arrière, sous nos cuisses, sur nos pieds avant, et tassent bien avec les mains, puis tout le monde s'assoit autour de nous pour pique-niquer.

La sensation est immédiate. Comme dans la piscine de gelée, à l'hôpital, comme dans la douche, à la maison ou lorsque William nous badigeonnait d'engrais, la moitié de notre corps enfoncée dans la terre reprend immédiatement des forces d'une intensité stupéfiante. La terre comprend tout ce dont notre corps est en manque. Notre corps et la terre se reconnaissent et fusionnent. Et je sens, nous sentons tous les bourgeons de cette partie de nous se déployer dans l'humus en fines racines qui poussent instantanément à la rencontre de cette richesse souterraine, comme autant de bras avides et de mains gourmandes, ou d'antennes minuscules : je revis, nous revivons.

Quelques minutes après, mes mains se détachent de mes cuisses dans lesquelles je les pensais fondues pourtant, et mes bras se dressent avec elles vers le ciel, sous l'impulsion irrésistible de la sève régénérée qui parcourt tout notre corps à une vitesse folle, désormais.

— Regardez maman, elle pousse ! crie Thomas.

— Elle va s'envoler ? demande Timothy, inquiet.

— Non, c'est des branches, Tim, elle est sauvée !

Mes doigts s'écartent dans le vent et je sens de minuscules pousses qui bourgeonnent au bout de chacun : bientôt, la ramure, les feuilles, la frondaison. Mes bras tiennent en l'air, tout seuls, aussi simplement que deux jets d'eau. Plus ils s'étalent à la verticale au-dessus de ma tête, plus je me sens respirer largement. Parcourant chaque cellule de notre corps, l'énergie solaire qu'ils boivent malgré les nuages bas se transforme en sucre liquide et redescend jusqu'à nos quatre pieds plantés délicieusement dans l'humus tiède et riche. Tant que le soleil existe, je vivrai, nous vivrons, infiniment sauvées. Mes yeux sont clos sous mon écorce vert pâle mais je n'ai pas besoin d'eux pour regarder autour de moi, ma force intérieure est revenue comme jamais et je sens tout ce qui m'entoure, plus précisément qu'avant.

Le pique-nique commence joyeusement. Betty a apporté des cassettes de rock, et Will, le magnétophone des enfants pour les écouter. Tim demande Otis Redding, pour moi, mais Tom répond que ce serait trop triste et Will renchérit qu'il a dansé avec moi sur cette musique-là. Lucy et Joe aussi, et Betty. Je sens les adultes se lever pour danser dans l'herbe, rejoints par les enfants en bottes et cirés qui crissent de joie. Puis tout le monde se rassoit et des mains calmes déballent les victuailles.

J'écoute les cornichons craquer sous les dents de celles et de ceux que j'aime et le papier de leurs cornets de frites tièdes se déplier. Les cuillers raclent le plastique des saladiers, les bouteilles de bière popent à l'ouverture. Les enfants se cassent des œufs durs sur le front les uns des autres, Ronnie reçoit un bout de coquille dans l'œil, hurle qu'il est aveugle, se gave de mayonnaise une fois sauvé. Les jumeaux mangent côte à côte, au même rythme, Pete, Tom et Tim jouent au banquet royal en s'appelant altesse et les adultes me regardent régulièrement, je le sens.

Ensuite, tout le monde joue au ballon, je suis l'un des côtés du but. C'est l'équipe de Joe et Betty qui gagne, sur penalty sifflé par Lucy. La pluie cesse, les enfants nouent leurs cirés en cape autour de leur cou et jouent aux chevaliers cavalant sur des branches tombées puis aux super-héros, pendant que les adultes fument en discutant de mon avenir et du reste. Ils prennent une photo de groupe autour de moi qui rayonne de mes bras-branches tendus vers le ciel, une deuxième en faisant des grimaces, et une dernière en levant les bras pour m'imiter. Lorsque les cloches sonnent cinq heures, tout le monde repart vers l'arrêt de bus après m'avoir longuement embrassée, chuchoté des secrets à l'oreille et fait encore au revoir de la main, une dernière fois – je sens l'air déplacé par leurs gestes bouger jusqu'à moi.

Je les écoute traverser la haie en file indienne, remportant toute leur vie, leur amour, leur musique. J'entends leurs rires, le floc-floc de leurs bottes dans la boue, le crissement du bus qui s'arrête, le claquement de ses portes, son grand soupir quand il repart, puis plus rien d'humain.

16

Je les aime, oh que je les aime. Bien sûr, j'aurais préféré qu'ils plantent la tente pour rester dormir avec nous, mais je comprends. Ma famille et mes proches ont déjà fait tant pour moi, ils ont déjà accepté tant d'étrangeté, tant de bouleversements dans leur vie quotidienne, pour mon bien. Ils m'ont dit qu'ils reviendraient dès que possible. Tim et Tom m'ont promis des décorations spéciales pour Noël, et pour leurs anniversaires, des ballons. Ils tiendront leur promesse, au début. Ensuite, leurs visites s'espaceront et ce sera normal. J'imagine que c'est difficile d'aimer un arbre. Ou plutôt, une femme, une maman, une sœur ou une amie qui se transforme en arbre. J'imagine qu'on a besoin d'aimer quelqu'un qui nous ressemble, quelqu'un qui nous regarde. Qu'on a besoin d'être embrassé par des lèvres normales, caressé par des mains normales, serré dans des bras normaux. Qu'on a besoin que celle qui nous aime et qu'on aime nous parle dans notre langue, avec des mots. Je comprends.

Ce terrain que Betty nous a trouvé est idéal. Le sous-sol argileux retient délicieusement l'humidité, je la sens qui nous irrigue de sa force extraordinaire. La haie côté route, et tous les arbres et buissons alentour nous protègent du vent. Quant au froid, notre écorce bientôt complètement durcie nous en préservera. Peut-être mes proches reviendront-ils nous couvrir de paille l'hiver, s'ils trouvent un moyen de l'empêcher de s'envoler. J'ai entendu William en discuter avec Joe pendant que les enfants touchaient en gloussant le ventre de Lucy qui faisait la sieste à l'ombre de mes bras-branches bourgeonnants.

C'est la fin de la journée, l'air s'adoucit. Des martinets traversent le ciel en sifflant, quelques mouettes crient aussi. Une légère brume monte de l'herbe dans toute la friche, je sens son flou, et les nuages doivent se teinter de mauve. Ce sont bien des racines, sous mes pieds, que les infirmières rasaient tous les matins. Depuis que nous sommes plantées en pleine terre, elles se développent avec une force décuplée. Touffues comme des cheveux, brunes et épaisses, elles plongent en continu dans le sol à travers humus, gravier, argile et brindilles, de plus en plus loin, mues d'une vie propre. Quel spectacle ce doit être pour les taupes et les vers.

Plus elles poussent, plus nos racines en croisent d'autres venues d'autres arbres, d'autres végétaux, contre lesquelles elles frottent, auxquelles elles se relient dans une connexion nerveuse par laquelle passe aussitôt un courant de bienvenue qui nous accueille, nous adopte et se ramifie. Je pensais que les arbres étaient posés un par un sur la terre mais je réalise que le réseau de leurs racines s'étend bien plus largement dans le sol que celui des branches dans l'air.

La vraie vie des arbres, des buissons et des plantes est souterraine. Ce que nous voyons, nous dehors, et prenons pour des individus distincts, ce sont les pousses hirsutes d'un monde immense qui court sous nos sols. Je revois l'arborescence du mycélium qui produit un champignon, dans le livre de sciences de Thomas, fantastique rosace pâle dont le champignon n'est qu'un fruit éphémère, et je réalise que pour nous, c'est pareil, dans la terre. Grâce à nos racines qui traversent chaque strate en s'y connectant, nous entrons en contact avec tout le vivant planté à côté de nous : les arbres, les buissons, les ronces, la haie, l'herbe. Au cœur de l'humus noir, nous nous relions, nous nous ressentons.

Nous voilà en contact au-delà de la friche même, tant nos racines continuent de s'enfoncer loin. Nous voilà reliées aux arbres de l'autre côté des bâtiments, la chaise et moi, à tous les arbres le long de la route et demain, à tous ceux de Birnam et au-delà. Notre conscience devient notre corps tout entier, de nos bourgeons à nos plus fines racines. La chaleur du soleil filtrée par les nuages nous traverse de part en part. Quelle que soit son intensité, nos milliards de cellules travaillent à transformer son rayonnement en énergie, qu'elles emmagasinent et diffusent.

La nuit assombrit les alentours. Je sens la Terre qui bascule, j'y suis plantée, je fais partie de son énergie vitale à jamais. Les lampadaires s'allument en guirlandes tremblantes dans la ville où nous vivions hier encore. Que le monde terrestre est vaste, riche et vivant. Mangés par la pénombre, mes colliers cliquettent au vent. Au loin, je me rappelle la silhouette de l'usine qui fume par intermittence. Plus loin encore, l'immense ombre de l'océan qui bat comme un cœur sombre, salé, liquide. Des cloches sonnent, je ne compte pas l'heure humaine qu'elles disent.

La pluie tombe à nouveau et nous fait frémir. Un murmure inconnu s'élève. C'est un chant ténu qui monte de tous les troncs, les feuilles, les branches, l'herbe, les lianes et la haie alentour. Un chœur chuchoté par chacun et chacune d'entre nous, plantés là ensemble, reliés. Nuit de pluie, nuit de joie pour tout ce qui vit, pour la chaise et pour moi qui rejoignons ce chant sauvage et doux. Nous pensons en cercle. Je suis nous. Notre temps est infini, ou presque.

DE LA MÊME AUTRICE (*suite*)

*

JEUNESSE

ROMANS

Mongol, L'École des loisirs, coll. « Neuf », 2003.
Pourquoi tu cours ?, Le Rouergue, 2009.
Tricot d'amour, Le Rouergue, 2010.
Happa No Ko, le peuple de feuilles, Le Rouergue, 2018.

THÉÂTRE

Luniq, précédé de *Katak*, Éditions Très Tôt Théâtre, 1995.
Colza, L'École des loisirs, 2001.
Marguerite, reine des prés, L'École des loisirs, 2002.
Dans la forêt profonde, L'École des loisirs, 2003.
Thomas Hawk, L'École des loisirs, 2003.
Un tigre dans le crâne, Éditions Théâtrales, 2005.
Chlore, Éditions Monica Companys, 2006.

Louise / les ours, L'École des loisirs, 2006.
Frigomonde, L'École des loisirs, 2010.
Mongol, L'École des loisirs, 2011.
Chips personnel !, Espace 34, 2012.
À la renverse, Actes Sud-Heyoka, 2014.

ALBUMS

Lou la brebis et *Fleur de vache*, Père Castor-Flammarion, 1998.
Soupe de maman et *Uïk, le cochon électrique*, Le Rouergue, 2011.
Murmure des mousses, Le Cosmographe, 2020.
Extraordinaires enfants de l'écume des vents, Locus Solus, 2021.

ROMANS PARUS CHEZ
ALMA ÉDITEUR

*

Paul Andreu, *Kaléidoscope*
Sergio Aquindo, *Bête à gravats*
Lucas Belvaux, *Les Tourmentés*
Camille Brunel, *La Guérilla des animaux*
Camille Brunel, *Les Métamorphoses*
Camille Brunel, *Ecatepec*
Martial Cavatz, *Les Caractériels*
Stéphanie Chaillou, *L'Homme incertain*
Marie de Chassey, *Ce qu'il reste à faire*
Hadia Decharriere, *Formol*
Alain Giorgetti, *La nuit nous serons semblables à nous-mêmes*
Alain Giorgetti, *Massif*
Lenka Horňáková-Civade, *Giboulées de soleil*
Lenka Horňáková-Civade, *Une verrière sous le ciel*
Lenka Horňáková-Civade, *La Symphonie du nouveau monde*

Lenka Horňáková-Civade, *Un regard bleu*
Marie Maher, *Pour la beauté du geste*
Marie Maher, *Klaus Klaus*
Patrick Martinez, *Ligne de basse*
Patrick Martinez, *Lui seul*
Xavier Mauméjean, *American Gothic*
Xavier Mauméjean, *Kafka à Paris*
Xavier Mauméjean, *La Société des faux visages*
Xavier Mauméjean, *El Gordo*
Karin Serres, *Les Silences sauvages*
Karin Serres, *Quelques moments sans gravité*
Avril Ventura, *La Meilleure Part d'eux-mêmes*
Juliette Willerval, *Sur la plage*

REALISATION : NORD COMPO À VILLENEUVE-D'ASCQ
IMPRIMERIE NORMANDIE ROTO S.A.S À LONRAI
DÉPÔT LÉGAL MARS 2025. N° : 159850 (2405965)
IMPRIMÉ EN FRANCE